Historia de un talento

Cuentos de la reina arpía

Daniel Paniagua Díez

ISBN: **8460684962**
ISBN-13: 978-84-606-8496-1

DEDICATORIA

A los amables lectores que me animaron a escribir y publicar un cuento tras otro y en especial a los Amigos del Camino de Santiago de cualquier parte del mundo que desde el primer libro publicado no dejaron de darme ideas y sujerencias para nuevas historias.

MI AGRADECIMIENTO

A mi esposa Aurora que me permitió escribir sin atender a las muchas tareas de la casa o del trabajo y a ella misma, incluso estando de vacaciones, y también a amigos como Jose Carlos que se tomaron la molestia de leer los borradores de los cuentos antes de ser publicados y darme su sincera opinion.

CONTENIDO

Nota del autor

Bienvenido a los Cuentos de La Reina Arpía; cuentos fantásticos que le ayudaran a preguntarse por su triste realidad y abrirse a otros mundos y realidades que le harán dudar, dudar si usted está viviendo una vida autentica o más bien una preprogramada, como la comida precocinada, que usted se limita a engullir sin pararse a pensar si irá le bien o mal.

Tómese su tiempo para leer cuento tras cuento, me llevó bastante trabajo preparar cada plato, historia, y confío que disfrute con ellos y sus efectos en su persona sean especialmente saludables, incluso medicinales. Y no lo olvide: son cuentos, cuentos fantásticos, nada más que cuentos.

HISTORIA DE UN TALENTO

Hace algún tiempo, en un lugar remoto de un país olvidado, el señor de la tierra, muy poderoso y rico, mandó llamar a sus hijos y uno por uno les entregó un talento de oro. El más joven, el benjamín de la casa, era muy reticente a recoger semejante regalo; renegaba, agachaba la cabeza, escondía las manos, con tal de no tomar en sus manos aquella fortuna inmerecida.

¿Queréis conocer su historia? No se parece a nada de lo que hayáis leído. ¿Os suena de algo? No creo; nunca habréis tenido un talento como el suyo. Oro puro.

— ¡Tú eres bobo!

— ¡Marica!

—Gilipollas, ya eres rico, y sin tener que ganártelo. ¡Cógelo! —Le gritaba su hermano mayor.

— ¡Pues por eso mismo! ni sé cómo ganarlo ni en qué emplearlo. Replicaba el muchacho.

Al fin terció en la disputa el padre y les expuso la razón de aquel regalo ordenando de paso a su benjamín que recogiera su dote.

—Tómalo en tus manos y guárdalo bien. Mañana

partiréis todos de viaje a los países vecinos. Durante un año os quiero a todos fuera; a la vuelta haremos cuentas. Sacarle buen provecho.

Y a la mañana siguiente con el frescor matutino partieron sus hijos en diferentes direcciones para conocer otras tierras y otras gentes; tal y como su padre les había ordenado.

Pasado un año regresaron sus hijos, todos menos el pequeño. El señor no quiso esperar más y les llamó a su presencia. El mayor se postró a sus pies y de su alforja sacó cinco talentos que a su padre entregó.

—Bien, hijo bueno y fiel. Sobre poco has sido fiel, sobre mucho te pondré. Entra en el gozo y la casa de tu señor.

El segundo de los hijos se postró a su vez y de su zurrón sacó dos talentos y a su padre se los ofreció.

—Bien, hijo bueno y fiel. Sobre poco has sido fiel, sobre mucho te pondré. Entra en el gozo y la casa de tu señor.

Y ordenó que se hiciera gran fiesta en su honor. Pero pasaban los días, las semanas, los meses, y el benjamín no aparecía. Nadie sabía hacia dónde había dirigido sus pasos, ningún viajero o comerciante daba razón o señal alguna de su vida. Y fueron pasando las estaciones, los años.

Estando el señor ya anciano, sentado en la puerta principal de su gran mansión, agotados los ánimos y repasando sus últimos días, una tarde calurosa de verano, vio cabalgar en lontananza alguien que se acercaba. Un presentimiento le hizo dar un vuelco al corazón y palpitando como una niña asustada se levantó de un salto de su señorial sillón.

El jinete realizó una cabriola extraña para conseguir frenar su impetuosa montura y, de un salto y cuatro largas

zancadas, se arrojó a las rodillas del anciano. De su pecho
sacó un talento de oro que le ofreció con ambas manos.

— ¡Hijo mío! Exclamó el anciano al reconocer su sello
impreso en el lingote.

A su grito salieron corriendo hermanos, esposas,
sirvientes y deudos que rápidamente rodearon a la pareja que
se hallaba fundida en un intenso abrazo.

Antes de la caída del sol se montaron largas mesas y
un gran banquete se preparó; patos y faisanes relucían asados
sobre los blancos manteles y a los postres el señor, con un
simple gesto, mandó callar, y les habló:

—Hijo mío, mi benjamín, largo tiempo has estado
fuera; yo fui el causante. Te di un talento de oro y hoy me lo
has devuelto tal y como te lo entregué, no tiene ni arañazos.
Dinos, ¿en que lo empleaste que ni creció ni menguó?

Un rictus de amarga sonrisa se dibuja en el rostro
apenas disimulado por las primeras canas de su larga barba y
su mirada se va sin querer hacia el incierto horizonte antes de
que comience a hablar.

—Me diste un talento de oro, aquí mismo, hace años,
padre y señor mío que ya he devuelto a su dueño y quieres
saber en qué lo empleé. Y también vosotros, mis hermanos y
amigos; comprendo. Así pues, y antes de que el sol se nos
vaya os contaré mi historia.

Salí caminando de mañana, como mis hermanos aquí
presentes, sin saber hacia dónde dirigir mis pasos y mucho
menos qué podría hacer con semejante fortuna en mis
manos. Pero caminé, caminé, galopé, navegué hasta llegar a
un país lejano.

Un brillante puerto de cúpulas doradas recibió nuestra
galera, las mercancías fueron descargadas como por ensalmo
y, siguiendo los consejos del capitán de la nave (nos
habíamos hecho muy amigos durante la travesía) me dirigí a

una lujosa joyería donde podría colocar mi talento en almoneda. Con una buena bolsa de tintineantes monedas escondida en mi cinturón caminé hasta el mejor mesón del puerto donde me esperaba mi amigo capitán para cenar y buscar alojamiento.

Cuando estábamos a los postres de una estupenda pitanza un alboroto de gentes y alguaciles llegó hasta nosotros. El capitán, más que ducho en lides de éstas, consiguió parar un minuto a uno de los alguaciles y que le explicara a que son venía semejante algarada.

Volvió al pronto a sentarse en la mesa a mi lado para pedir y pagar rápidamente la cuenta. Sucintamente me contó mientras me llevaba casi a empujones de vuelta a su barco que una joyería, tal y tal, en la calle cual, había sido asaltada y la joyera terriblemente asesinada. Los ladrones habían escapado con grandes bolsas de joyas y riquezas variadas. Cualquier extranjero sería más que sospechoso aquella noche en aquellas calles del puerto tan escasamente iluminadas. Así que deprisa y corriendo de vuelta al camarote donde había dejado mis escasas pertenencias.

Noche en vela, mirando por la borda, observando de nuevo las estrellas bajo la suave agitación de la nave amarrada al muelle. ¿En quien confiar en un país extraño? Sin hablar su lengua ni conocer sus costumbres, y sin tu talento en mis manos. Al alba y requerido por el capitán para desayunar a su lado no pude evitar contarle mis cuitas internas. Rápidamente se hizo cargo de la situación y tomando un par de buenas espadas me pidió que le acompañara hasta la joyería.

No, no habían encontrado aún a los culpables y el padre de la desdichada lloraba su pena sentado a la puerta. Le expuso lo mejor que supo mi problema y la necesidad de rescatar tu talento.

—Robaron de todo, se llevaron cuanto había a la vista y lo demás lo rompieron a patadas. Se lo habrán llevado; se llevaron nuestras vidas.

—Recuerdo que su hija se retiró a un cuarto trasero y me pareció escuchar sonidos de madera chocando al guardarlo. —Le dije al capitán. Tal vez en un rincón oculto de la joyería.

Al escucharnos el joyero me miró extrañado y como si un rayo le hubiera alcanzado terminó por abrir los ojos como platos y la boca como una ballena. Le seguimos al interior devastado del negocio y al cuarto oculto, bastante oscuro pues carecía de ventanas. Encendió una lámpara de aceite y se acercó al fondo; había un pequeño altar dedicado a un dios desconocido. Una bonita caja de madera, de puertas corredizas, ocultaba de la mirada profanadora de los infieles la imagen divina; levantando la figurita debajo había un compartimento oculto en el que reposaban cuatro talentos de oro. Uno de ellos lucía tu sello, padre mío.

Partí aquel mismo día, a la puesta de sol, en otra nave mercante que mi amigo me recomendó. Dos semanas de cabotaje seguí con ellos hasta que decidí desembarcar en el primer puerto al que llegáramos. Me fui tierra adentro, lejos del mar, de las algas, de los peces; quería caminar de nuevo por los chaparrales y sentarme a la sombra de un árbol. Llegué hasta una venta donde paraban caravanas de mercaderes con sus jumentos cargados y decidí pasar allí la noche.

Esperando la cena asistí a un suceso sorprendente; llegaron cantando y bailando un grupo de peregrinos y pidieron acogida y asilo para pasar allí la noche, aunque fuera en las cuadras con las bestias. Uno de ellos, un joven muy alto, llevaba consigo, atado con una cuerda, un perrito blanco y sin rabo. Todos, pero todos los de la venta a los pocos instantes solo tenían ojos y oídos para el larguirucho, y él tan solo a su perro atendía. Apenas sentados en una larga mesa le pidieron que contara una historia, una romanza, mientras encargaban algo que llevarse a la boca.

Y esto fue lo que le escuché relatar:

—Sabemos todos muy bien que olemos a pedos y sudor caminante pero antes de lavarnos para cenar os contaré una breve historia.

La gente presto se arremolinó sobre él pues debía ser muy conocido el muchacho. Sentados en el suelo, en los bancos, de pie, todos dispuestos a escuchar cada una de sus palabras.

—En aquel día iba caminando un peregrino por montes y senderos, y al llegar, muy cansado, a un caserío lejano pidió acogida y refugio para pasar la noche. El casero, un hombre ya mayor, se alegró de su presencia y compañía; por su casa nunca pasaba nadie, estaba escondida y lejana en la montaña.

—Compartiremos cena. Le dijo al peregrino y dispuso la mesa.

Primero sirvió un pescadito que había recogido aquella misma mañana en un arroyo cercano; después una liebre famélica que había atrapado a medio día cuando estaba hurgando en su pequeño huerto. Y de postre una tórtola que aquella misma tarde se había roto un ala al estrellarse contra un árbol cercano. Alguna tosta de pan y un cántaro de agua para acompañar la frugal pitanza.

— ¡No hay más! No tengo otra cosa que poder ofrecerte.

—Muy agradecido. Contestó el peregrino. No solo me has quitado el hambre sino que incluso me has saciado el apetito; cocinas muy bien.

—Lamento, amigo, que para una vez que pasas por aquí no tener algo más consistente.

— ¿Consistente dices? Me has ofrecido algo del agua: un pez, algo de la tierra: una liebre, y algo del aire: la tórtola. ¿Y entonces yo? ¿Qué te podría ofrecer para compensarte? Mi bolsa está vacía.

—No importa, peregrino; con tu compañía me basta y sobra. Debemos acostarnos ya pues está oscureciendo y no tengo aceite para las lámparas.

—En ese caso algo podré compartir contigo, algo que tú no tienes y bien que necesitas.

— ¿Y qué podría ser? Pues tú caminas con una mano delante y la otra detrás.

—Algo del fuego.

Y a un gesto del peregrino una pequeña llama de fuego apareció en la ya oscura estancia y fue a posarse sobre la cabeza del campesino. Le confortó e iluminó, y de algún modo le hizo conocer que ya nunca más se sentiría solo e infeliz, a oscuras, en su pequeña morada perdida en las montañas ni en su pequeña alma escondida del mundo y las gentes.

— ¡Bueno, qué! ¿Hoy cenaremos algo o seguiremos de ayuno? Concluyó el hombre del perrito blanco.

— ¡Qué bonita historia, hermano! No podrías contarnos otra más mientras nos traen otro cántaro de vino fresco. El sol aún no se ha puesto y nuestra alegría por tu regreso va en aumento.

—Aún no he terminado con ella, lo mejor vino de seguido; segundos después de que el peregrino había dado por concluida su historia, una bellísima y joven mujer que estaba sentada con su cortejo en una mesa detrás de mí se levantó y sujetando en sus manos una pequeña jarra de un intenso y prodigioso perfume se dirigió a la mesa de los peregrinos.

Se desprendió del velo que cubría sus dorados cabellos y se arrodilló a los pies del peregrino cantarín. Vertió un poco de ungüento en sus manos maravillosas, plenas de anillos de oro y Jenna, y los fue aplicando en los ampollados pies del caminante. Uno de sus acompañantes, un tipo afectado y que rezumaba riqueza y vanidad comenzó a bromear:

—Con esa esencia carísima sus pies sanaran rápidamente, ¡eh! Tal vez deberías aplicársela en otras partes y le harías el avío.

Pero el peregrino tan solo acariciaba su perrito mientras observaba en silencio cómo la mujer le trataba y curaba las heridas de los pies. Cuando estuvieron bien masajeados y untados de esencia la mujer fue besando dedito a dedito a la vez que exclamaba: ¡perdón! ¡Perdón!. Así un dedo tras otro.

Todo el mesón estaba en pie observando la escena. Había gente muy enfadada o alarmada por lo que estaban presenciando. Yo empecé a temerme lo peor.

— ¡Una mujer de su posición y haciendo esto!

— ¡Sin velo! ¡Su velo de soltera para secar los pies de ese andrajoso!

— ¡Besando los pies de un hombre! ¡Y en público! ¡A dónde vamos a llegar!

A alguno tuve que pararle los pies con mis propios brazos para que no la levantara del suelo. Cuando al fin concluyó y levantó la cabeza, de rodillas, a los pies del peregrino, éste dejó su perrito blanco en el suelo y preguntó:

— ¿Por qué has hecho esto, mujer?

—Yo también quiero una de tus llamas sobre mi cabeza deshonrada, señor. Y agachó la cabeza.

—Tú nunca estás sola, y con tu belleza y riqueza puedes elegir la compañía que quieras a todas horas

— ¿Compañía y riqueza? Quiero que confortes mi vida y mi alma como con el pobre cabrero has hecho, Señor. Esto, y le tiró el velo a las manos, son bagatelas para cubrir miserias de dentro y de fuera.

—Pues desnuda vendrás y desnuda estarás ante Su Presencia. ¿Te atreverás? ¿Todo lo dejarás por uno de mis cuentos? ¿Caminarás con unos harapientos? Te saldrán muchas ampollas en tus bonitos pies. Concluyó sonriendo.

—Me arrastraré tras de ti como una perra.

—Entonces ven con nosotros, y en verdad te digo que también tú tendrás en ti una llama de amor y luz imperecederos.

Y la ayudó a levantarse del suelo y la sentó a su lado en la mesa. Poco a poco el tumulto fue disolviéndose; el cortejo de la dama fue despedido con un simple gesto y los peregrinos cenaron opíparamente convidados por ella.

A la mañana siguiente la vi partir con ellos al clarear el día y a punto estuve de seguirlos; pero llevaba conmigo tu talento. Algo tenía que hacer con eso. ¡Ah! se me olvidaba, la última imagen que tengo de ellos es del peregrino del perrito, llevaba sobre su cabeza el velo de la dama que tras él caminaba, como una peregrina más, llevando de su mano la cuerda que sujetaba al perrito blanco.

Y yo volví al mar; no sé por qué, una intuición o presentimiento oscuro llevó de nuevos mis pasos al mar, el negro mar.

Tras dos semanas de travesía llegué a una tierra que sus propios habitantes llamaban el reino de la mamba negra y apenas poner pie en tierra caí bajo el embrujo de una mujer muy hermosa; sus preciosos vestidos, calzados y abalorios apenas conseguían disimular o realzar un cuerpo fuera de lo común y una mente prodigiosa. Algún año más joven que yo pero con una vista más larga que un águila real enseguida entrevió bajo mi aspecto de aldeano aseado tu talento bien pesado, y se dispuso a darle un buen empleo.

Codicia, avaricia y soberbia en el reino de la mamba negra, y siempre, siempre, por todos y en todas partes, la mentira como diosa suprema; os cuento.

El desierto avanzaba y la vida nos empujaba con su movimiento incesante; la ciudad no paraba de crecer y gentes de todas partes llegaban a diario para mercadear o buscar donde acogerse y comenzar una nueva andadura; como yo.

Zaida era voraz y lista como el hambre, de todo sacaba partido y ganancia alguna, pero especialmente del comercio con oro y piedras preciosas. Me habló de un fantástico negocio al que me invitaba a participar: querían realizar un casco de oro para el Sumo Sacerdote de un culto local. ¡Y yo tenía un talento! Nos colmarían de riquezas si lo llevábamos a cabo, ya tenía apalabrados a tres orfebres llegados de oriente para elaborarlo.

— ¡Y tú tienes el oro! El oro que necesitamos.

—Pero, ¿un casco? ¿Un casco de oro? ¿Para un sacerdote?

— ¡El Hierofante! Nos cubrirán de piedras preciosas cuando lo entreguemos. Ven, te llevaré a conocer a los orfebres.

En un gran edificio cercano al mercado se reunían los artesanos locales para trabajar todo tipo de materiales; pieles e hilados para realizar ropajes, calzados, zurrones, cintos, alfombras; metales para fíbulas y hebillas de todo tipo y tamaño, espuelas; piedras brillantes para todo tipo de bisutería, en aquel patio había docenas de artesanos y en el piso superior otro tanto. En un cuarto enorme y bien soleado trabajaban los orfebres el cobre y la plata, los metales de todo tipo.

En una larga mesa, sentados, destacaban tres hombres por sus ropajes, sus largas barbas, y los gorros frigios. Para mi sorpresa no estaban trabajando metales si no discutiendo sobre mapas, mapas terrestres y cartas celestes; hablaban rápida y atropelladamente en su extraña lengua y consultaban tablas numéricas. Al vernos llegar se descubrieron para saludar afectuosamente a Zaida, que me hizo las presentaciones.

Emplearon la lengua común para ponerme al día de su proyecto. Se trataba de realizar un casco de oro, un casco sagrado, en el que irían representados los movimientos y ciclos del sol, la luna, y los planetas.

— ¿Con qué finalidad? ¿No prefieren un símbolo, imagen, o señal del dios al que adoran?

— ¡No! Para eso utilizan los gorros de tela. Esto es algo muy especial, ¡único! En pocos días veremos al anochecer un acontecimiento muy especial y raro: la entrada de Júpiter en la Casa de Orión. El rey entra en el Hogar del Cazador Celeste, ¡algo extraordinario está a punto de suceder! Y necesitan el casco para averiguarlo, adivinarlo, antes de que ese suceso ocurra y nos pille por sorpresa. ¡Habrá una guerra! Eso seguro.

— ¿Un casco para practicar adivinación? ¿Un Sumo Sacerdote?

— ¡Pues claro! El casco le ayudará a comunicarse con los dioses, el oro obrará el milagro, y nuestros cálculos precisos, y podrá conocer los deseos divinos para mejor servirles. Todos los cultos están atentos a este suceso extraordinario, pero, pero, aquel templo que tenga el mejor adivino, el que consiga comunicarse con los dioses sin duda alguna tendrá la primacía sobre todos los demás. Con nuestro casco, donde se reunirá toda la sabiduría inmemorial de nuestro pueblo frigio, el Sumo Sacerdote será en pocos días el dueño y señor de la ciudad y del reino, ¡el propio Júpiter hablará por su boca!

—Entiendo, entiendo, ¿y ustedes necesitan…?

—Oro; Zaida conoce la cantidad, y no la hay disponible en toda la ciudad. No podemos esperar más tiempo; no sabemos cómo conseguirla. Estamos desesperados.

— ¿Un talento será suficiente? Este talento.

Ver la barra de oro, con tu sello bien visible, y sus ojos se abrieron como platos, comenzaron a bailar y cantar como si estuvieran de fiesta frigia. Antes de que transcurriera una hora estábamos los cinco entrando en el inmenso templo y reclamando la presencia del Hierofante. Ya conocía a los frigios y se interesó por los dibujos sobre papiro que mostraban el casco y su mensaje celeste.

Mesándose las barbas inquiría sobre esto y lo otro, ¿los cálculos son correctos? ¿Agradará a los dioses? ¿Funcionará? ¿Y el oro puro? Y ahí me tocó intervenir mostrando el talento que rápidamente fue pesado y comprobada su pureza.

¡Sonrisa de oreja a oreja! ¡Es la cantidad exacta! Oro puro de Occidente.

— ¿Estará terminado para el festival?

—Trabajaremos día y noche para que esté listo a la hora señalada, Gran Sumo Sacerdote.

Grandes inclinaciones, saludos rimbombantes, signos esotéricos, aspersiones de aguas perfumadas, y Zaida en la puerta; esperándonos a la salida.

— ¿Todo va bien?

—Han quedado encantados con mi talento y su conocimiento del movimiento de los astros, pero tendrán que tenerlo concluido el día festivo. ¿Cuánto tiempo nos queda?

—Será en cinco días, al anochecer. Les sobra tiempo para hacer tres cascos. Vámonos.

A los orfebres les sobraría tiempo pero a mí me faltó para disfrutar de las bellezas y locuras de la ciudad y su gran puerto. Zaida corría con todos los gastos, no había lujo en el que repara o vestido carísimo que no se llevase a casa. Pronto se corrió la voz del casco sagrado, los tres frigios, y sobre todo, de quien era su protectora. Había cola en su casa magnífica para ser recibidos por mi dama embrujadora. Si lo que se escuchaba era cierto, la noche del festival el Sumo Sacerdote daría de comer con sus propias manos al rey y su familia siguiendo las instrucciones precisas de los propios dioses. Habría cambios, en pocos días rodarían cabezas de potentados y nuevas estrellas brillarían en el gobierno de la ciudad y el reino.

Los días siguientes fueron febriles, toda la ciudad estaba en ebullición preparando el magno festival, hacía doscientos años desde el último. ¡Júpiter en la Casa del Cazador Celeste! ¡Habrá guerras y conquistas! Nuevas tierras y riquezas estaban esperando para que fuéramos por ellas. Tan solo restaba esperar los augurios de los sacerdotes en los templos.

Si los días eran animados las noches eran de marejada pues Zaida era mujer exigente con las cosas propias de su sexo. Músicos callejeros recorrían las calles y los aguadores no daban abasto para llenar nuestras resecas bocas. Cada día hacía más calor que el anterior. Y mayores las ganas de baile y desenfreno, las barricas de cerveza apenas duraban un suspiro recién descargadas en las tabernas.

Y llegó el día del magno festival joviano.

Zaida me fue guiando de templo en templo para observar los sacrificios de animales y prisioneros, y los auspicios de los dioses. Al caer la tarde acompañamos a los orfebres al templo de Júpiter Supremo protegidos por guardias reales, pues en nuestras manos portábamos el bien más preciado del mundo.

El templo estaba engalanado hasta en los rincones más insospechados, músicos entonaban con sus largas flautas suaves tonadas y bailarinas sagradas danzaban en el centro del gran patio; la multitud se agolpaba bajo las arcadas, esperaban la llegada del cortejo real. Miles de flores de todos los colores y olores fragantes colgaban de las paredes y estatuas, millones de pétalos alfombraban el camino de los reyes; se cantaba, cantaban antiquísimas salmodias de alabanza y fecundidad, ¡prosperidad! ¡Prosperidad! era lo único que yo lograba entender pero su alegría era contagiosa; me sentía, no sé, como enamorado de la vida y la gente, como una estrella chiquita que comenzaba a brillar en el naciente que se oscurecía por momentos.

Los frigios entraron en el sanctasanctórum para entregar su excelsa obra y después me acompañaron a un rincón reservado donde mejor contemplar el espectáculo. Clarines y cascabeles, crótalos y carracas, anunciaban la llegada del cortejo real.

Los sacerdotes salieron a recibir, sus blancos ropajes brillaban con la luz solar y cuando salió el Sumo Sacerdote me quedé asombrado; sus blancos ropajes deslumbraban de tal modo que la vista no podía soportar mucho tiempo aquellos reflejos. ¡Y el casco! Parecía que llevase un sol en la cabeza. Estupefacto.

Todo estaba perfectamente calculado. El viejo rey, su esposa, y sus dos hijos caminaron sobre pétalos hasta sentarse en unas sillas de alto respaldo y escabeles a sus pies. El Sumo Sacerdote invocó ante ellos al Júpiter Magnífico que ya brillaba en lo alto del cielo; la multitud aguardaba expectante a que desaparecieran las últimas luces del ocaso y Orión apareciese en la oscuridad para recibir en su hogar al rey de los dioses. Se cantaba e invocaba a los dioses mientras las estrellas de la constelación iban haciéndose presentes. Cuando ya estuvo a la vista, el Sumo Sacerdote con un gesto ordenó silencio y con sus brazos y manos extendidos apuntó a los dos altos obeliscos cubiertos de extraños grabados que guardaban la entrada del templo, entonces unos acólitos comenzaron a percutir rítmicamente unos enormes troncos de árbol y ¡magia! un extraño zumbido comenzó a sentirse como llegando de todas partes, no sé, de la tierra, del cielo, por todas partes se escuchaba aquel zumbido como si miles y miles de abejas y abejorros hubieran caído sobre nosotros. Pero no se veía nada, ¿qué era aquello?

¡Estaban llamando a los dioses con el poder de la tierra!

El Hierofante, con sus manos extendidas a las estrellas, balaba una especie de letanía y se movía como el trigo agitado por la brisa, la multitud le imitaba, parecía que el tiempo se estuviera deteniendo y, de repente, cayó al suelo, como abatido por un rayo invisible; raudos, los acólitos le incorporaron y volvieron a colocar y ajustar el casco sagrado; vomitaba, escupía y se bababa el Sumo Sacerdote. Yo me temí lo peor, no saldríamos vivos de allí, mi cabeza pendía de un cabello y ya sentía manar la sangre por el cuello cuando, ¡oh! milagro, el Sumo Sacerdote estaba totalmente recuperado y caminó erguido hacia los reyes.

Ordenó que le acercasen unos cestos con frutas y los bendijo, después ordenó cortar una porción de un melón y se la ofreció con sus propias manos al rey.

— ¡Así de dulce será tu reinado hasta el último de tus días! Gritó para que todos le oyésemos.

Satisfacción real, amplia sonrisa, y con actitud golosa se zampó la porción de fruta.

Para la reina reclamó un panecillo que le ofreció humillándose ante sus rodillas.

— ¡Pan de dátiles! Su dulzor aliviará los padecimientos propios de vuestra condición femenina y edad provecta.

La reina tomó el panecillo y probó un bocado. Agrado, agradecimiento, mirada de reconocimiento.

A continuación el Hierofante reclamó una jarra de vidrio y sirvió en una copa preciosamente labrada para ofrecérsela al primogénito real.

— ¡Hidromiel! Agradará tu paladar y te llenará de fuerzas para emplearlas en las próximas batallas, de las cuales saldrás victorioso.

El primogénito probó el brebaje y tal fue su agrado que pidió a un sirviente que se quedase a su lado con la jarra siempre dispuesta para rellenar su copa.

Aún quedaba el segundo hijo del rey, de mirada torva y oscura, su mano derecha siempre empuñando una espada corta, atento al menor movimiento de los presentes, desafiante y desconfiado. El Sumo Sacerdote reclamó entonces una jarra diferente y llenó una copa de vidrio rojo para ofrecérsela.

— ¡Cerveza! Cerveza amarga. Ella te traerá el triunfo en todos los combates que tengas el resto de tus días. Siempre recordarás el sabor de esta cerveza y tus labios no volverán a probar la cerveza dulce hasta cuando fallezcas y seas embalsamado para tu viaje a las estrellas.

El joven hijo del rey tomó la copa y probó su sabor con un rictus de disgusto, tal vez nunca la había probado, pero después vació la copa de un trago y reclamó la jarra para sí y la dispuso sobre sus rodillas.

¡Satisfacción general! Grandes y buenos auspicios, felicidad para el pueblo, nunca se conoció un festival similar. Buen pronóstico.

El Sumo Sacerdote, como agotado por el contacto divino, necesitó la ayuda de dos acólitos para retirarse a su oscura estancia personal; comenzaron a encender las lámparas del interior del templo. Apenas desaparecido el rey se irguió y se dirigió a la multitud con recia voz para su edad.

— ¡Proclamo tres días más de festividad para honrar a Júpiter Brillante y sus divinos designios! Mis bodegas reales repartirán tinajas de cerveza por todas las tabernas de la ciudad. ¡Tres días más de Festival!

La gente aullaba y danzaba, aplaudía rítmicamente a sus majestades cuando se dirigieron caminando pesadamente a hacia la salida del recinto sagrado.

Como movido por un resorte y cuando ya me dirigía tras los pasos de los frigios a reclamar el precio acordado por el casco, con el rabillo del ojo, me pareció ver al hijo menor del rey observándome fijamente mientras comenzaba a caminar tras sus padres. No le di importancia, ¿o sí? Ya, bueno, soy extranjero en vuestro reino y se me nota a la legua, pero a partir de esta noche seré rico, pero rico, rico, y nos volveremos a ver la jeta. Era como de mi edad y con el inconfundible aspecto del follonero, un principito retador, luciendo pechito broncíneo.

No te busques en mí un enemigo, que tengo malas pulgas, le decía hablando para mis adentros mientras le perdía de vista. Mi semblante cambió de humor sombrío al estupor cuando entré en el cuarto privado del Hierofante, los tres frigios se pararon en seco y se volvieron estatuas, los acólitos y sacerdotes estaban arrodillados e implorantes, humillados, agachaban la cabeza hasta el suelo, pues el Sumo Sacerdote parecía estar en trance y hablaba entrecortadamente, echando cada poco espumarajos por la boca. ¿Qué ocurre aquí? Pensé para mí.

Tras unos instantes de confusión los frigios también se arrodillaron dejándome a la vista de todos, de pie, bajo el marco de la puerta. ¿Qué hago? De repente el Sumo Sacerdote se levantó de su trono y comenzó a gritar:

— ¡Estoy sufriendo una divina visión! ¡Tengo visión auroral! Veo vuestras auras átmicas, ¡os veo a todos! Y también lo que sale de vuestros corazones, malvados.

Y caminando como un sonámbulo, los brazos por delante, se vino atravesando toda la estancia hasta mí y posó sus manos sobre mis hombros.

—Hijo, tú eres el único de esta estancia, y tal vez del mundo entero que luces con blancor. Gracias infinitas por tu talento dorado, te colmaré de dones y gracias.

Pareció como recibir un golpe de una mano invisible y agachó la cabeza ante mi rostro y el casco se le cayó de la cabeza. El sonido que produjo pareció despertarle del ensueño y se me quedó mirando con ojos de sorpresa.

— ¡Sí! No me mires con esos ojos y babeando como un bebé, has escuchado al dios que hablaba por mi boca. Ahora soy yo el que te habla, te daré diez veces en piedras preciosas el valor del oro del casco sagrado. Pero, mejor aún, ¿no preferirías quedarte con nosotros? Ya has oído al dios supremo; en su templo. Yo mismo te introduciré en los misterios más profundos de nuestro culto. ¡Sé uno de los nuestros! La ciudad y el mundo necesitan como sacerdote sagrado a alguien como tú. Eres único, y aún estás limpio a los ojos divinos.

—Lo siento, Su Santidad, no puedo. Juré a mi padre volver a casa al cabo de un año y el tiempo se está cumpliendo; ahora lo recuerdo. Embarcaré de vuelta al hogar en cuanto termine el Festival de Júpiter, yo también le honraré. Pero me tengo que ir.

—Tu padre. Ya, comprendo, un buen hijo siempre escucha y obedece a su padre.

Una buena saca de piel plena de piedras preciosas me llevé conmigo y a los tres frigios hasta el palacete de Zaida. No estaba en casa así que yo mismo tuve que pesar y apartar y regatear, piedra a piedra, con los orfebres frigios. Una vez hecho el pago me colmaron de besos y abrazos, me llenaron de bendiciones y buenos auspicios, reían como niños, bailaban como púberes gaditanas, tocaban los pitos y daban palmas. Nunca había visto tres hombres más contentos y felices. Se despidieron de mí rogándome que les despidiera de Zaida en cuanto regresara a sus estancias, nadie sabía dónde se encontraba; ellos partirían al día siguiente con una caravana hacia el oriente. Otro reino, otro rey, otro templo, reclamaba sus oficios de orfebres y sus conocimientos astrológicos y mágicos.

—Paz y bendiciones, buen camino tengas de vuelta a casa y no demores tu partida. Me dijo uno de ellos ya pisando el umbral de salida.

—Sigue así, hijo, sigue limpio de polvo y paja y que tengas buena travesía, me despidió el segundo frigio.

— ¡Y no olvides tu talento! Me gritó el tercero desde la calle.

¿Buena travesía? Mañana mismo concretaré nave y destino en el puerto. ¿Limpio? Tengo que lavarme de los pies a la cabeza y cambiarme de ropas para cuando llegue Zaida; tan mirada ella para esas cosas. ¿Mi talento? Ahora se encuentra sobre la cabeza del Hierofante y le sirve para hablar con los dioses. ¿Qué mejor destino para el talento que me dio mi padre?

Lavado y perfumado, vestido con los hermosos ropajes que Zaida me había conseguido salí a las calles llenas de gente dejando advertidos a criados y esclavos de mi destino. Al puerto, donde hay marineros siempre encuentras diversión.

Tres días me duró la diversión y no siempre en solitario pues joven y rico en todas partes era bien recibido; pero Zaida parecía evitarme. ¿Cuándo querrá recoger su parte de las piedras preciosas? Me intrigaba su tardanza en volver a su mansión pero los sirvientes no me daban más que buenas palabras y me cuidaban como a un príncipe y pues ya tenía acordado embarcar hacia la capital del Imperio del Centro me despreocupaba. Allí me resultaría fácil encontrar una nave para retornar a mi patria.

Así discurría, cuando no me estaba partiendo de risa o bebiendo sabrosas cervezas yendo de taberna en taberna porfiando con marinos llegados de cualquier lugar del orbe o de palacio en palacio con los jóvenes adinerados de la ciudad. Uno de los sirvientes me localizó y me advirtió que Zaida me esperaba para cenar. Bueno, menos mal, pensaba que tendría que marcharme sin poderme despedir de ella.

El cielo, ya cercano el ocaso, se estaba oscureciendo rápida y extrañamente, de modo inquietante. El sirviente me indicó que seguramente una tormenta de arena se estaba aproximando, mejor apurar el paso para llegar cuanto antes al hogar.

Con los primeros golpes de viento ya estaba entrando en las estancias privadas observando con qué rapidez los esclavos cubrían con grandes tablas y tablones las ventanas y puertas. Zaida estaba en el comedor esperándome para cenar pero en su semblante no se notaba el menor rastro de inquietud. Sonreía, maquillada y fragante, preciosos brillantes realzaban su cuello, ajorcas de oro en sus muñecas, un vestido como para perder la cabeza intentando quitárselo sin la ayuda de los esclavos. Magnífica.

Me ofreció una copa de cerveza dulce, sabor a dátiles, y una mirada embrujadora.

— ¿Has disfrutado del festival sin mí?

—Escasamente; procuré mentir. Arrebatadora.

—Según me han informado es tu última noche con nosotros, ¿me acompañarás cenando?

—Cenando y en cualquier otra cosa que tengas a bien discurrir.

—Bien, ya decidiré a los postres. ¿Te gusta el pato?

—A tu lado me comería una cigüeña.

Y, sí, decidió, decidió varias veces aquella noche; apenas el viento y los golpes de la arena sobre tejados y ventanas conseguían disimular los aullidos y gemidos que soltaba mi dama en cada decisión. No pegamos apenas ojo en toda la noche y cuando ya debía estar clareando y la tormenta pasando, la paz instalándose en la mansión y la ciudad entera, un sordo rumor, como de cascos de caballo me inquietó. Sonaban lejanos pero numerosos, pero yo quería dormir, necesitaba dormir algo, una cabezada por lo menos, hasta el mediodía mi barco no partiría; pero Zaida no paraba un instante quieta.

Mandó llamar a un par de esclavos para que despejaran la ventana del dormitorio; su finca se encontraba casi en los límites de la ciudad, en un altozano, y se podía ver los campos a una legua de distancia. Reclamó mi presencia a su lado mientras miraba por la ventana.

— ¡Ven, holgazán! No quiero que te lo pierdas.

Adormilado y medio atontado me levanté de la cama y me puse a su lado.

— ¿Qué tengo que ver? ¿Huertos cubiertos de arena?

—Mira hacia el horizonte.

El sol naciente apenas dejaba observar unos instantes pero una línea de polvo oscuro parecía acercarse y yo seguía escuchando un vago rumor de cascos de caballos.

— ¿Se acerca otra tormenta de arena?

— ¿Otra tormenta? Sí, bueno, algo así.

No puedo olvidar sus largos cabellos negros cayendo sobre sus desnudos hombros y sus ojos lujuriosos cuando exclamó:

— ¡Una tormenta que cambiará este reino de los pies a la cabeza! ¡A la cama!

Y de dos empellones me tiró en el tálamo y se echó encima como una pantera. Aquello ya no era una mujer, era una fiera que me devoraba y se relamía haciéndolo; algo me alertó sobre su extraño cambio de personalidad, como si estuviese poseída por un extraño genio del desierto. Tan pronto me daba bofetadas como me lamía como un perro en cualquier lugar del cuerpo y cuando me tuvo enervado me cabalgó como si fuese un potro más de sus establos. Deliraba o algo similar, soltaba frases inconexas, me arañaba el pecho, ¡di que me amas! que amas a tu reina, ¡perro! ¡Di que me amas! y se retorcía o cambiaba de postura para continuar la cabalgada.

Pero yo, alerta, escuchaba cada vez más cercanos los caballos por la ventana, intentaba alejarme de su locura, como si viese la amorosa pelea desde la ventana.

— ¿Quiénes son, Zaida? ¿Quiénes son los que llegan?

—Nuestro ejército mercenario, imbécil; aguanta otro poco más, ¡aguanta o te despellejo!

—Aguantaré, ¿nuestro ejército?

—Mío y de Zahir, ¡Aggg! ¡Qué gusto!

— ¿Zahir? ¿El primogénito real?

—Pues claro, idiota, ahora, ¡ahora! Empuja, ¡Bodón! empuja.

Cuando conseguimos recuperar el aliento ya se escuchaba perfectamente el galopar de docenas de caballos irrumpiendo en las calles de la ciudad, los gritos mercenarios, y los alaridos de los primeros ejecutados.

—Están invadiendo la ciudad, Zaida, va a ser una matanza.

—Sí, nadie se lo esperaba, y los vigías estarán borrachos o deshechos con tantos días de festival. ¡Juá! Esta tarde yo seré su reina.

—Pero, ¿y lo que profetizó el Sumo Sacerdote?

—Todo mentiras; solo hacen que mentir esos

castrados.

— ¿Y lo del casco sagrado? ¿Y los mensajes de los dioses?

—Todo falso, bobo; en este reino nadie dice una verdad ni después de muerto. Incluso el casco es falso.

— ¿Cómo que falso? ¿Y los brillantes también?

—No, son excelentes y puros, como tu talento. Los tengo ahí mismo guardados, en ese pequeño arca.

El griterío en la calle era espeluznante, el terror espantaba a gentes y bestias que huían despavoridos hacia los campos. Me acerqué a la ventana para verlo.

— ¿Y me dices ahora que el casco es falso? ¿Con tantos cálculos y tanta palabrería astrológica de los frigios?

—Es falso porque no utilizaron tu oro, ¿ves? Lo tengo aquí con mis otras riquezas, y aquí se quedará; como tú, mi bello e inagotable amante.

— ¿Qué me quedaré aquí?

—Sí, idiota, en mi casa. Esta tarde Zahir será el nuevo rey y yo su esposa. Hace tres años que somos amantes, todo el mundo lo sabrá mañana.

—Si ya tienes al rey, ¿a mí para qué me necesitas?

—Tengo mis necesidades, ¿sabes? femeninas, ¿entiendes? Zahir será un gran rey y yo inmensamente rica pero te necesito aquí para cuando me apetezca pasar otra noche como ésta. Nunca oí hablar de un hombre con semejante potencia como la que tú tienes. Aquí te quedarás. Nunca te faltará de nada.

—Es que, ¿sabes? Zaida, yo no valgo para eunuco real, ¿entiendes?

—Te quiero para justamente para todo lo contrario y te

haré conocer placeres que no podrías imaginar, conozco
drogas, ensalmos, que te harán sentir…

—Y nunca volveré a tener un hálito de libertad.

Ni lo pensé un segundo, padre, créeme, creerme
todos; sencillamente mi puño se disparó contra su rostro y la
dejé inconsciente. Me vestí rápidamente con lo primero que
tenía a mano, recuperé mi zurrón, tu talento, y un buen
puñado de piedras preciosas. Bueno, uno no, tres o cuatro,
estaba muy enfadado conmigo mismo; y me zafé deprisa y
corriendo hacia los huertos. Bordeando casas y evitando
calles donde hubiera combates conseguí llegar al puerto justo
cuando mi barco ya soltaba amarras.

El viento favorable nos alejó de la ciudad a tiempo
para ver a salvo incendios y degollinas por todos los rincones
de la gran ciudad portuaria. Ardían templos y palacios, gritos
desgarradores llegaban hasta el mar abierto, el olor a sangre, a
muerto, a carne ardiendo, me golpeaba en el estómago como
si fuera un tambor.

— ¿Qué te ocurre? Me dijo el capitán al verme
cabizbajo apoyado con las manos en la borda. ¿Has perdido
familia, amigos, negocios en ese infierno?

—No, nada de eso; pero estuve a punto de perderme a
mí mismo en ese lugar, en la ciudad, en eso que tú llamas
infierno. Sí, eso debe ser vivir en un infierno: perder la
libertad.

Empecé entonces a comprenderte, padre; tu extraña
actitud y tu completo rechazo a tener esclavos en tus tierras y
dominios. No he conocido a nadie como tú en cuantas tierras
he caminado.

—Espero que ahora, que estás de nuevo en casa,
comprendas más cosas mías. Pero, deja un momento tu
relato mientras nos sirven más frutas y refrescos. Tienes
mucho aún que contarnos pues han pasado muchos años
desde que ocurrió lo que nos has contado.

Sí, habían pasado once años, once largos años haciéndome un hombre, como dicen mis hermanos; once increíbles años dando patadas y puñetazos en la capital del Imperio del Centro.

La galera era fantástica, de nueva construcción, y la tripulación muy experta, de las tierras más allá del Ponto Oscuro; no sé si habría nave de guerra que se le pudiese comparar y por el comportamiento de los hombres y sus aviesas miradas más de una vez di en sospechar que eran o habían sido piratas. Pero ahora llevaban niños embarcados, de una noble familia suponía yo, que habrían pagado por el pasaje casi el precio de una nave nueva. Eran tres niños y una jovencita morena, que ya abandonaba la pubertad y a la que los padres no quitaban los ojos de encima.

Con ellos iba un esclavo a fuer de extraño como pocos hombres habré visto, vestido con una sencilla túnica barata y caminando siempre descalzo. No era un simple sirviente, pues los tres niños no se despegaban de su lado y a todos lados le perseguían con agrado; era un instructor. Cualquier momento del día era bueno para enseñar a los niños las más diversas materias, incluso al anochecer les entretenía mostrándoles las estrellas y cómo distinguir las constelaciones. Contaba historias maravillosas de su llorada patria y olvidados héroes. Apenas comía algo pero nunca rechazaba un vaso de vino de uvas y gracias a ello comenzamos a charlar y sus amos fueron perdiendo su suspicacia hacia mi persona y ya el último día de travesía me invitaron a su mesa para almorzar.

Era una pareja de patricios, seguramente un senador imperial, pensaba yo, y apenas tomé asiento me frieron a preguntas mientras intentaba dar cuenta de la pitanza y la cerveza que me convidaban. Al fin descubrí el porqué. Su hijo estaba al mando de las tropas imperiales en nuestras tierras y estaban inquietos. En nuestra última rebelión habían perdido la vida muchos de sus mejores soldados y su propio hijo estuvo a las puertas de la muerte mirando a la parca directamente a los ojos; así se lo había relatado en varias cartas. Conseguí tranquilizarles; ya habían pasado muchos años de aquella guerra, nosotros sí que habíamos perdido a nuestros mejores guerreros y los jóvenes no estábamos por tomar otro camino que el de conocer gentes y tierras lejanas, como viajeros no como guerreros; pero como sabían bien de nuestra furia y destreza con las armas siempre estaban ojo avizor.

Tan solo pude decir en aquel momento que no era guerrero, que mi vida había transcurrido en valles y montañas, cuidando caballos y cultivando huertos, y que mi padre me había enviado lejos de casa para que aprendiera lo suficiente para gobernar la mía propia el día que él faltase. Tenía riquezas suficientes para pasarme el resto de mi vida viajando pero en ese momento tan solo deseaba tomar el primer barco de camino a mi tierra, regresar lo antes posible a mi hogar y volver a ver a mi familia y amigos. Nada más.

—Eres un joven agraciado y rico, ¿a qué viene esa prisa por volver a las montañas? Aprenderás más en una semana que pases en la capital que siete años recorriendo nuestro Imperio. Hazme caso, quédate en la ciudad el tiempo que necesites para conocer todos nuestros templos y palacios y volverás a casa con una visión de nosotros muy distinta a la que tienes ahora.

—No sé, señor, no sé, mi ánimo está sombrío; estoy pensando en quedarme en el puerto y embarcarme en lo primero que encuentre. Ya conocí bastantes palacios allí de dónde venimos, y cómo terminó aquello; eso no es vida para mí.

—No hagas caso a mi esposo si no lo deseas, está buscando un aliado para su hijo, cuando regreses a tu hogar le llevarás aviso nuestro, no puede evitar pensar como un senador; de hecho es el jefe del grupo de senadores más poderoso del imperio. Para él solo existe la política y ya no recuerda apenas su juventud.

—Entiendo lo que me dice, mi padre también es

senador, hemos aceptado esa costumbre suya; como otras muchas.

— ¡Ves lo que te digo! Lo mismo te diría tu padre si estuviese aquí ahora, con nosotros. Vives en una provincia y ahora tienes la oportunidad de conocer la capital del Imperio, no puedes desaprovecharla. No vuelvas a casa hasta no tener una idea cabal de cómo somos, no quiero en ti a un enemigo para mi hijo, ¡ya tiene bastantes! Mira, hay una riqueza que se puede pesar y medir, pero existe otra, de otro tipo, intangible, que es la que en verdad te abrirá las puertas de palacios y corazones. Ya tienes algo, nosotros lo notamos, y debes conseguir que crezca y se expanda pues no solo tú te enriquecerás si no a todos con los que convivas. Permanece en la ciudad hasta que te veas colmado; algún día me agradecerás este consejo. Aventuras y reveses tendrás muchos en la vida, ¡míranos! Escapando a la carrera de una revuelta palaciega y viendo cómo perdía la vida uno de nuestros mejores aliados, ¡con lo bien que estábamos en casa! Pero hay que salir de ella y hablar con la gente. Ya te habíamos visto alguna vez con tus amigos, festejando cualquier tontería, y te recuerdo acompañando a los tres magos frigios, ¡conocerás otras gentes y harás otros amigos de tu edad! Espera unos días y cambiarás de opinión.

Aquellas palabras me hicieron dudar y repensar el asunto una y cien veces durante la noche, pero seguía sin decidirme. Con las primeras luces del día salí a pasear por cubierta y allí estaba el instructor con los muchachos, la jovencita estaba un poco apartada y al verme me sonrió y me hizo un gesto para que me acercara.

—Así que anoche cenaste con nuestros padres, bárbaro.

—En efecto, noble púber.

— ¿Negocios?

— ¡Oh, no! Intentaron convencerme para que me

quede unos días conociendo la capital en vez de embarcarme en lo primero que encuentre.

— ¿No conoces Amor? ¿No? ¿Nunca has estado en nuestra ciudad? Eres otro de esos bárbaros despreciables y lleno de rencor hacia nosotros seguramente.

—No os tengo rencor alguno, no os conozco de nada y apenas he oído cuatro cosas sobre vuestra ciudad.

—Pues entonces tienes que hablar con Jasón, ¡Jasón, ven! Aunque es un extranjero conoce la ciudad mejor incluso que mis padres, él te dirá dónde tienes que ir y lo que no puedes dejar de ver antes de volver con tus sangrientos guerreros ávidos de sangre.

— ¡Y de púberes presumidas!

— ¿Qué yo soy presumida? ¿Qué yo…?

—Bueno, bueno, bueno, en verdad que haces gala de vuestro legendario desprecio por la vida, insultando a nuestra Júlia.

— ¿Te llamas Júlia? Que nombre tan ridículo.

— ¡En mi familia todas nos llamamos Júlia! Despreciable bárbaro, si estuvieran aquí mis esclavos te haría azotar sin piedad.

—Ya me duelen bastante las llamaradas que salen de tus ojos infinitos. Vas a ser una joven muy, muy, guapa.

— ¿Yo, guapa? Tengo una nariz espantosa, y este grano…, bueno, te perdono dos docenas de azotes, por el momento. ¿Cómo te llamas, bárbaro?

—Bodonio, noble Júlia.

— ¡Qué! ¿Bodo…qué? ¿Qué clase de nombre estúpido es ese? Vuelves a burlarte de mí. Doble ración de azotes.

—No se está burlando, Julia, es el nombre de su dios,

Bodonius. Vosotros lo llamáis Júpiter, es el mismo dios, pero en su lengua bárbara suena como Bodonio. Es de gran prestigio en su tribu llevar el nombre sagrado, y una pesada carga, pues siempre ha de hacer todo lo necesario para no enfurecer al dios.

—Entonces, ¿es como uno de nuestros sacerdotes? ¿Tiene que cumplir con los ritos y cuidar de un templo y esas cosas?

—No, Júlia, nosotros no construimos templos ni tenemos gente dedicada a cuidarlos.

— ¿Y qué hacéis? ¿Cómo satisfacéis al dios?

—Montamos a caballo.

— ¿Qué? ¿Montáis a caballo…y nada más? ¡Qué bárbaros! Mis amigas no me lo van a creer cuando se lo cuente

—Pues sí, montamos a caballo, y corremos, corremos por los valles y subimos a los altos puertos, y después a las cimas de nuestras montañas y le gritamos a los cuatro vientos que somos felices de estar vivos y ser libres. O, al menos, eso era lo que hacíamos desde el principio de los tiempos. Hace años llegaron vuestros soldados…

— ¡Perdisteis la guerra! Salvajes, ladrones, salteadores de caminos…

—Sí, mi padre y los suyos perdieron la guerra y muchos terminaron siendo esclavos; los que no murieron combatiendo. Mira, yo solo quiero volver a casa, tomar mi caballo y salir a correr, no quiero estar a mal contigo y mucho menos enfurecer a mi dios, ¿lo entiendes?

— ¿Y si el dios te dice que tomes la espada y reúnas a tu gente para ir a matar a mi hermano qué harás?

—Si un dios quiere guerra la habrá, pero en mi caso me tendría que enseñar incluso a manejar la espada, porque no sé nada de la guerra y sus artes.

— ¿Qué no sabes manejar la espada? Mientes, asesino, todos los de tu raza nacéis con una falcata en la mano.

—Pero la mía la clavaron en una roca al nacer yo, y me nombraron como a nuestro viejo dios, el derrotado Bodón.

— ¿Y eso por qué?

—Soy el tercero de los hijos de mi madre y mi padre juró ante todo nuestro senado que mientras yo viviera nuestra tribu no volvería a tomar el camino de la guerra.

— ¿Mientras tú vivas…? Perdona, estaba pensando en mi hermano mayor y las cosas que me contaba de niña sobre vosotros, la gente más feroz del mundo. Jasón, te encargo personalmente que le indiques dónde tiene que alojarse y que estés al tanto de sus pasos por Amor. Contrata espías si es necesario.

Y Jasón cumplió sus órdenes puntualmente todos los días de su vida.

Los once años que pasé en extrañas compañías es lo que viene tras de mí en aquella lejana nube de polvo que veis al ocaso pero confío en que me dé tiempo a contaros sucintamente mi andadura triunfal por la capital del imperio.

Inmensa, no conozco otra palabra para recordar Amor. Es inmensa y crece y crece de día y de noche, de cuanto muere crecen dos cosas nuevas y nunca se agota, como un pulpo inmenso sus brazos llegan cada vez más lejos siempre prestos para estrangular todo cuanto discuta su dominio.

Siguiendo un consejo de Jasón busqué hospedaje en la parte alta y noble de la ciudad, en una plaza repleta de mercaderes llegados de todo el orbe. Allí no desentonaría con mi aspecto y vestiduras; pronto los cambiaría.

Un edificio de ocho niveles donde podía comer, dormir, conocer gente diversa y negociar con mis riquezas; el sitio ideal, pensaba, no paré ni siete días allí. No encontré problemas para cambiar alguna de mis piedras por monedas imperiales, en todas ellas relucía el rostro del canalla que nos arrebató tierras, riquezas, y libertades.

—Bueno, todas no, hermano; todas no. No nos va tan mal en estos días, tú no sabes, has estado mucho tiempo fuera.

—Nos quitó la libertad como pueblo y trajo la tiranía, con eso está todo dicho. Éramos un pueblo orgulloso y rico, nuestras tribus las más feroces del mundo, y ahora ¿qué somos? Las pulgas de sus mulas de carga.

Como os decía, siguiendo indicaciones de Jasón mi primera visita al imponente centro de la ciudad fue el Templo de la Paz Divina.

No es algo que asombre ni arrebate la mirada, pero sí el cacareado centro de la ciudad, todo gira en torno suyo. Las calles que salen de su plaza se extienden por todos los rincones de la tierra, imparables. Un gavilán volaba sobre mi cabeza, tenía un ala, la derecha, dañada, tal vez un águila le habría atacado, pero dio un giro rápido y bajó hacia los tejados de las casas cercanas; en segundos volvió al cielo con una presa entre sus garras. ¡Buen augurio! Pensé, me quedaré unos días en la gran urbe; en cualquier parte, a cualquier hora, habría una presa esperando las caricias de mis sensibles garras. Veamos ese templo que dicen que es la raíz del Imperio del Centro.

Al acercarme a sus puertas algo me hizo recordar los montones de manos cortadas que de niño me llevaste a conocer, padre. En uno de ellos reposa tu mano derecha.

—Aún me valgo con la izquierda, y con ella amasé una gran riqueza y muchas tierras y posesiones.

—No quería herir tu orgullo y honor, padre. Perdona.

Pero subía las escaleras del templo y no cesaba de ver miles de manos podridas colmando todos los rincones y rodeaban el pequeño edificio y al ver el ara de los sacrificios, sobre él, sangraba agonizante un caballo; uno de nuestros caballos, hermanos. Tuve que alejarme corriendo, vomitando, hipando, asqueado por la visión terrible que algún dios enfadado me había enviado en ese momento.

Tardaría años antes de que volviera a pasar por aquel lugar. Horrorizado. Muy a punto estuve aquel día de volver al puerto para buscar un embarque de vuelta a casa, pero cuando mis tripas recuperaron un poco la calma me impuse a mí mismo no partir hasta no haber conocido cada rincón de la ciudad y así descubrir el secreto de su imparable éxito. Pero la visita a aquel pequeño edificio, como una caja donde guardar regalos, me perseguiría durante años, como si la mirada de una diosa extraña vigilara mis pasos e intenciones más ocultas.

Mis pasos de atolondrado me llevaron a una taberna para, pensé yo, comer algo de pescado y una jarra de vino y que así se me pasara la impresión, me temblaban las manos, que digo, me temblaba todo y apenas podía disimular mi aprensión; me daba la impresión de que en cualquier momento iba a perder los nervios y, no sé, hacer algo, algo malo, muy, muy malo.

Un hombre, vestido con una hermosa túnica y una cinta dorada sujetando sus largos cabellos se me acercó como un águila y puso sus manos sobre mis hombros. Sentí un impulso extraño que me subía del culo a la coronilla y mi malestar desapareció en instantes. Era un sanador palatino y por su modo de hablar enseguida intuí que procedía del mismo pueblo que Jasón, nada más nombrárselo y comenzar a relatarle nuestra precipitada huida y viaje en barco me colmó de abrazos y besos en las mejillas.

Mi primer amigo en la urbe inmensa, y el último.

Antonio era la persona más sensible y delicada que

jamás he conocido; sus penetrantes ojos de águila parecían escrutar hasta los órganos de cuantos tenía delante. Era capaz de beberse una jarra de vino de cuatro tragos pero comía como un pajarito; nunca miraba la condición social del enfermo tan solo sus dolencias, jamás le vi pedir una compensación por su trabajo en la calle o en las tabernas pero pronto me enteré que recibía talentos de plata por sus curaciones a los patricios. De sopetón, pasando uno de los peores momentos de mi vida, me había topado con uno de los hombres más influyentes de la ciudad, y era amigo de Jasón. No, decididamente, no podía abandonar Amor tan rápidamente.

Me obligó a comprar allí mismo varios paquetes de frutos secos y hierbas medicinales para que me hiciese infusiones cada noche, y de seguido me llevó a los baños. Le concedía una importancia esencial al olor corporal; del olor del sudor y del aliento de las personas extraía muchas ideas para dar con las dolencias humanas así que cuando le dije yo hacía prácticamente lo mismo con los caballos casi se ahoga en el caldario, de un ataque de risa. Me rogó insistentemente que le mostrara mi conocimiento caballar; de los baños fuimos directamente al hipódromo.

Eso fue mi perdición.

Once extraños años que pasé con gente extraordinaria en la cima del mundo. Sí, allí estuve yo, gañanes, brillando en lo más alto: el hipódromo. Fui el rey durante más de diez años. Bodón, el invencible jinete bárbaro.

Los caballos, bien sabéis todos mi cariño por tan nobles bestias desde niños, me pusieron el triunfo y la fama en la palma de la mano.

— ¡Te criaste entre potrillos! Hasta dormías con uno.

Ya. Y fue entrar en la cuadras del hipódromo imperial, ver los animales, cómo les trataban, y los jinetes, Antonio me soltó al oído lo que se podía ganar en una carrera de alguno de los festivales anuales y se pusieron los ojos como platos. Y las cuadrigas.

Se rieron de mí por mi aspecto y hablar bárbaro apenas me acerqué a comprobar la resistencia y consistencia de los carritos, como yo los llamaba. No lo volverían a hacer. Llorarían de rabia e impotencia al verme ganar una carrera tras otra; antes de que transcurriera un mes ya tenía mi propia cuadra, caballos, y una magnífica cuadriga alada. Una mansión, a una legua de las murallas, camino del puerto, fue lo que más me costó encontrar y adquirir.

Danzaba, danzaba al anochecer bajo el fuego de antorchas celebrando mi suerte en la vida, mi fortuna y el éxito en las carreras. Otra cosa sería el éxito social; por más que mis negocios fueran cada año mayores y el pueblo corease mi nombre apenas pisaba la arena del hipódromo para la tribu gobernante, los descendientes de las familias que levantaron la ciudad, yo seguía siendo un bárbaro procedente del pueblo y tribu que más terror le había inspirado en toda su existencia.

No vestía como ellos, no hablaba como ellos, mi aspecto era inconfundible; aunque amontonase una docena de talentos de oro en la mesa del patricio de turno yo seguía siendo Bodón, Bodonius de los Vadinius. Siempre que algún notable quería hacer negocios conmigo venía a la reunión con dos o cuatro, o más, guardaespaldas; según fuera de desconfiado. Yo iba al principio siempre solo y desarmado; hasta que dejé de hacerlo.

Me obligaron a cambiar mi manera de ser; y lo pagaron caro.

No tenía otra intención que hacerme rico, ser un respetado caballero y conocer más y mejor sus normas y costumbres pero desprecio tras desprecio mi carácter se fue agriando.

No llevaba ni un año en la urbe cuando triunfé en la carrera principal del Festival de Marte, la gente enfervorecida me llevó en volandas hasta el Foro y allí, bajo las estatuas de Marte y Venus, el pueblo coreó mi nombre, ¡coreaban mi nombre bárbaro a sus dioses! Rocé la gloria con las yemas de los dedos. Pero, como todos sabéis bien, que tan a menudo subís a las más altas peñas, si largo y doloroso puede ser alcanzar la cima un descuido y la caída es rápida, muy rápida. Un grupo de caballeros, rivales y amigos, un poco de todo, una vez pasado el momento de mayor exaltación, me rescataron del tumulto y me llevaron a parte del gentío, a un rincón, para estar más protegido. Y el dios Destino echó los dados sobre mi cabeza, y la suerte me fue adversa.

Me arrinconaron en un rincón bajo una inmensa columna sobre la cual lucía la imagen de un dios ignorado por mí. Entre abrazos y risas, jugando y discutiendo sobre la casa de lenocinio donde iríamos a celebrar mi triunfo me dio por preguntar el nombre de aquel dios magnífico.

Y escuché su nombre.

Y al oírlo, lo siento, no pude evitarlo, escupí. Y escupí bien alto, y lo vieron todos mis acompañantes. Fue mi sentencia de muerte. No pudieron disimular la negra sombra que cruzó entonces por sus semblantes y alguno echó mano a su cuchillo. Me di cuenta a tiempo y salí corriendo hacia la plebe que aún se agitaba intentando pasar como un rebaño de ovejas por una de las puertas del alto muro que separaba el Foro de los barrios del populacho. Solo al verme al otro lado, saludando a este y al otro, camino de mi mansio, pude respirar a salvo.

Cuando volví al día siguiente al hipódromo nada parecía haber cambiado, excepto que aún era más famoso entre los esclavos y libertos que allí trabajaban, pero algo sí había cambiado entre mis competidores ecuestres, algo había mutado en sus negros corazones y comenzaron a buscarme las vueltas ya no solo para mi fracaso en las carreras, si no para mi muerte. Yo, que apenas sabía usar un cuchillo para cortar la carne tuve que aprender a manejar todo tipo de armas de ataque y defensa.

Spix, el escita, maestro de gladiadores y cuya villa era contigua a la mía accedió a ser mi instructor secreto cuando entré en su finca a lomos de un precioso potro bayo, originario de su patria, y le puse las bridas en la mano. Me regaló una espada de madera cargada con plomo y un escudo de piel de vacuno y cerramos el trato. Durante un par de años me estuve ausentando de mi villa con el pretexto de ir a visitar a alguna amante fortuita, mis sirvientes tenían ojos y oídos, y también unas manos como baldes para recoger monedas, de su señor o de cualquier otro. Sería mi secreto.

No podía fiarme de nadie.

Las carreras eran cada vez más ásperas pero mis rivales se contenían a la vista de los espectadores y mis triunfos continuados; pero caminar por las calles de la urbe era harina de otro costal. Me habían marcado con el signo invisible de la muerte, enemigo del Imperio, bárbaro asesino de las buenas gentes de Amor; y yo me di cuenta.

Me di cuenta, pero la codicia pudo más que yo. La codicia; es un sumidero que se traga todo cuanto llegues a conseguir y acumular. ¿No han venido ellos a nuestra tierra ancestral matando y esclavizando para robarnos el oro? Pues yo volvería a casa en un barco cargado de su amoroso oro, y me llevaría por delante a todo el que se me opusiera.

Oro, conseguir oro del tipo y modo y manera que fuera, pero acumular oro y más oro, es lo único que respetan y a lo que a todos nos arrebatan. El oro y el ara por algún lado llegarán. Soy hijo de Bodón; señor del rayo y el trueno.

El hipódromo era buena fuente pero el arroyo estaba en el circo. Un triunfo circense me daría más oro que diez carreras triunfales. Me llevó tiempo, tiempo y docenas de denarios y quinarios entrar en su cerrado círculo pero una sola carrera que ganase y recogería áureos por docenas. Pero el milagro se produjo gracias a unas tinajas del mejor vino y la mayor de las cráteras llena de frutas enviadas a la mansión del empresario circense, el director de los juegos; conocía mi fama inigualable y al día siguiente me recibiría. Quería sangre nueva que derramar, ¡qué mejor que la del campeón del hipódromo!

— ¿Qué sabéis del circo, Bodonius?

— ¿No es donde sueltan a las fieras para que se coman a las personas?

—Sí, algo así, vamos, que no tienes ni idea. Tú no eres un esclavo enemigo del Imperio, ¿verdad? (Su mirada me dijo más cosas que veinte parlamentos) Si no el gran campeón del hipódromo. Las gentes acudirán de todas partes por verte correr en mi circo; te informaré.

Os lo contaré deprisita; sí, son cascos de caballo lo que suena en la lejanía. No os preocupéis. El circo es un gran círculo de piedra con gradas para que los espectadores se sienten a disfrutar del espectáculo, el centro es una arena donde se combate, pero es debajo donde suceden las cosas.

— ¿Debajo? ¿debajo de dónde? ¿de la arena? ¿y eso?

Mi querido hermano mayor, de poderosos brazos, pero que nunca te distinguiste por tu sapiencia. Debajo. Está todo hueco. Toda la instalación, aunque sea de piedra, está levantada sobre una serie de túneles, galerías y almacenes, ¡como una inmensa mina subterránea! Abajo, antes de que la gente comience a sentarse en las gradas ya aguardan las fieras y los esclavos a sacrificar, los gladiadores, ¡y los caballos!

—Entonces, ¿también se hacen carreras de caballos en el circo?

—No, mi tarugo segundo hermano mayor. Se combate. ¡Es el circo! Unos combaten a pie: los gladiadores, y otros a caballo: los ecuestres, ¡los caballeros! ¿me entiendes? Solo los senadores están en una situación social superior, y yo, que era un extranjero, hasta hace cuatro días su enemigo mortal, iba a combatir contra su campeón, ¡con mi cuadriga! En su gran festival anual dedicado a Júpiter.

— ¡Ya, listorro! Y saldrías de debajo de la arena con carro y tiro de caballos.

—Exacto, cenutrio.

Los espectáculos se van sucediendo uno tras otro con precisión militar, se guarda un orden que ya quisiera una centuria legionaria a punto de entrar en combate. Primero sacan a los esclavos para que sean destrozados por todo tipo de fieras llevadas hasta allí desde cualquier rincón del orbe humano, así el pueblo comienza a festejar y se predispone para lo que viene a continuación. Después salen los gladiadores y hacen sus combates que ya enardecen por completo a los espectadores; se reparte pan y viandas, se bebe cervezas en grandes cantidades y cuando el pueblo está aullando enloquecido: ¡salimos nosotros!

Aguardamos en nuestras cuadrigas manteniendo sujetos a nuestros rocines y cuando nos dan la orden subimos por dos rampas enfrentadas hacia unas trampillas ocultas bajo la arena. El efecto es misterioso y efectivo; como surgidos del inframundo en segundos los ecuestres giramos por la arena recibiendo los vítores del pópulo amoroso y a una orden del director nos embestimos y combatimos a espada tal y como si estuviéramos en medio de la más terrible de las batallas.

Mi contrincante iba disfrazado, por que usamos disfraces para simular ser un dios o un héroe famoso, el Gran Titán Númida, te aseguro hermano mayor que sus brazos superaban a los tuyos, aquel tipo me destrozaría con cualquier arma que yo eligiese, ¡pero nunca igualaría mi destreza manejando caballos!

—Pues menos mal, porque siempre has sido un escuchimizado. Flacucho y larguirucho.

—Es porque todo lo que como lo aprovecho. Y como podéis ver no me mató, y bien que lo intentó una y otra vez. Un asesino extraordinario. En dos ocasiones estuvo a punto de lograr mi degüello.

—Perdona, ¿y tú de qué ibas disfrazado?

—Tilenus, el dios bárbaro que tanto han odiado montado en su carro dorado y alado. ¡La gente bramaba deseando ver mi sangre empañando la arena!

Veréis, esos carritos, las cuadrigas, son buenos para correr por terrenos llanos, de diversión o para cazar venados, pero para combatir harían falta cuatro manos pues o llevas las riendas o manejas la espada, la técnica que los ecuestres usaban era envolver y pugnar hasta derribar al contrario y una vez ha caído saltar sobre él con la espada en las manos para rematarlo. Así lo hacían hasta que llegué yo.

—Mira, ¡tienes una boca más grande que un pajar! Cómo vas a soltar las riendas para empuñar la espada en un sitio tan pequeño, ¡te estamparías contra la pared!

— ¡Ya habló la sabiduría de los genios de los caballos! Tú tendrías que haberte quedado esta noche en la braña apacentando yeguas, que es lo tuyo.

— ¿Ah, sí? ¿Y cómo lo hiciste? Si no eres más que una guija, una guija del arroyo.

—Calla, faltoso, que sigues igual que cuando me marché, siempre has sido un faltón y no has cambiado en nada. ¡Pues con un cuerno! Sí un cuerno.

Ideé un cuerno que coloqué en el carrito donde con dos simples vueltas sujetar las bridas pero manteniendo la dirección del tiro, lo cual me liberaba la mano buena, y cuando menos se lo esperaba mi contendiente y me envestía como un toro bravo eché mano a la espada y de un tajo ¡le corté la cabeza! El muy imbécil en sus continuas embestidas debió olvidar ¡que soy zurdo! Y se me acercó tanto que hasta

pudo escupirme en la cara al pasar. Al segundo siguiente era
la sangre que saltaba de su cuello lo que me empapaba el
rostro.

— ¿Y qué ocurrió entonces?

Una vuelta triunfal y desaparecí en la arena, el
espectáculo debía continuar; el carro de mi enemigo llegó
antes a las ocultas cuadras subterráneas, eran tan hermosos y
les tenía tan bien enseñados que en cuanto me bajé de mi
cuadriga presenté mi opción de compra a sus secuaces. No
tuve tiempo ni de quitarme el traje, me reclamaban arriba, en
el palco imperial, me gritaban los empleados del circo, para
entregarme el triunfo.

— ¿Un triunfo? ¿Pero cobraré los áureos del premio?

—Del primero al último y más. No te arrepentirás y
sube raudo, no sabes lo que te espera. Me dijo al oído Marco,
mi hombre de confianza.

— ¿Y eso por qué?

—Piensa antes de respirar y mide cada paso que des en
cuanto subas arriba, ¡no la cagues ahora! Arriba te espera la
Familia Imperial. ¿Qué pasa? ¿No sabías que vendrían al
Festival?

La Familia Imperial, ni la menor noción, había estado
un mes preparando el combate, buscando la argucia para salir
vivo de aquella trampa, contando las monedas que iba a
ganar, pensando en qué las iba a emplear, soñando… ¡La
Familia Imperial! Al fin tendría a la vista las caras y manos
que manejaban los hilos ocultos que sujetaban y esclavizaban
hasta el último rincón del imperio. Ahora sí tendría el oro a
mano. Montañas de oro, las puertas del Tesoro Imperial, ya
veía su aldaba, y yo iba a llamar, a llamar o tirarlas abajo. Me
desprendí del casco dorado y me remojé el rostro y los
cabellos. Ellos, los tiranos, me verían bien de cerca, y yo a
ellos, solo tenía que fijarme en la disposición de los patricios
en el palco imperial, me repetía Marco como una mosca

cojonera en la oreja.

Hoy sabría quien de verdad mandaba en el interior del Imperio del Centro, el rostro afeitado que estaba en el rincón ulterior de aquel laberinto malvado; los demás solo eran mariquitas y afectados, los del pectoral lacado, las togas impolutas, y los esclavos emasculados.

El Imperio del Centro es semejante a la red de una araña, inmensa pero invisible, letal de seguridad, y siempre, siempre, hay una araña. Es cuestión de paciencia el llegar a verla, y toda la astucia del mundo para no ser otra mosca enredada.

Yo, Bodón, ¿Qué era? ¿Mosca o águila? Por Júpiter que ya era hora de que se enteraran. Pero tenía que descubrir a la araña.

En segundos la descubriría. Dos guardias imperiales me fueron abriendo pasillo por las escaleras entre el gentío de ricachones que coreaban mi nombre:

¡Bodonius…!

Soy Bodón, afectados, me decía para los adentros. La llegada al palco imperial fue lo más parecido a una saturnal de lo que nunca había visto; individuos ataviados con los trajes más extraños y mujeres que a buen seguro hubieran triunfado en los grandes lupanares que en ocasiones visitaba.

Las putas van siempre más tapadas.

¿Aquí no hay recato alguno y el pópulo está casi esclavizado por las normas más rígidas y pudibundas que se conocen bajo el firmamento?

Ojo y atento a la tramoya.

Como es arriba es abajo, me decían los frigios; puro engaño bien estudiado.

Saludo triunfal a la plebe desde el palco, ¡un triunfo!

¡Un triunfo para Bodonius! Gritaban como monos. Seas alabado, exclamaban desde la platea los bien pagados.

¡Triunfo a Bodonius! Gritó el director del circo a mi costado y les hizo callar a todos con un gesto. —Que será entregado por el Príncipe Máximo.

— ¡Guau! Aquello debió ser impresionante, ¿de verdad? ¿El Príncipe?

—Calla un poco y atiende, hermano, que se nos hace de noche.

Yo asomado al palco, saludando al pópulo amoroso, el triunfal y prodigioso Tilenus Supremo del Occidente Imperial. Me ofrecen para libar una copa de vino de las viñas imperiales.

Lo apuro de un trago, aún me quedaba en el gaznate el sabor de la sangre de mi adversario. ¿Esto será el premio? ¿Un copa de vino? Serán tacaños. ¿A esto lo llaman un triunfo los amorosos?

No, era una crátera enorme decorada con las hazañas del dios Neptuno, patrón y benefactor de los ecuestres. Estaba llena de manzanas rojas. De inmediato estuve tentado a llevarme una a la boca.

La mirada del Príncipe.

De edad será como tú, hermano mayor, pero aquellos ojos oscuros hablaban de crímenes espantosos y su sonrisa mostraba a las claras un desprecio inmenso por mí, y por todos los que me aclamaban.

Estaba viendo los ojos de la araña.

Inclinación de cabeza y saludo marcial, recoger la crátera y marcha atrás muy, muy, muy despacito; en mis manos y brazos aún quedaban restos de sangre humana pero aquellos ojos y boca habrían nadado en lagos infectos de la sangre derramada de todo bicho viviente; de todos los pueblos que había derrotado y destruido.

Apenas me fui retirando no pude evitar hacer el gesto de tomar una manzana y llevármela a la boca. Necesitaba de inmediato tomar algo sano, vivo, y bueno. Había visto la Muerte Máxima; la del poder omnímodo.

— ¡No te comas el corazón, bárbaro!

Con el rabillo del ojo localicé a la fémina que me había imprecado. No era una de aquellas putas patricias con medio cuerpo al aire. Parecía una chica, vestida extrañamente, completamente de negro y con un lujoso velo de seda cubriéndole el rostro. Y ciñendo la diadema imperial.

Solté la manzana que cayó al suelo como si me hubiera picado una víbora.

¿Aquella voz? ¿Aquella voz? Dónde había escuchado yo aquella voz femenina, esa especial manera de entonar las frases, inconfundible, y cuando.

Veréis, el pópulo y la gente extranjera nos entendemos parlando de manera muy simple y directa pero los poderosos, ¡los auténticamente poderosos! Hablan de otra manera, muy compleja y rebuscada, no es como los marinos o los canteros, no, es que tu les oyes decir una cosa y entre ellos se están diciendo otra que tú nunca comprenderás. Con cuatro palabras que les escuches decir notas la diferencia; y yo había oído hablar antes de ese modo. Pero, ¿dónde? ¿A quién?

¡¡Jasón!!

En alguna ocasión Jasón hablaba así cuando estaba en presencia de patricios, ¡claro! Era como les enseñaba a entonar a los niños en el barco y a aquella ¿Julia?

¿Julia? ¿Julia enlutada? Llevaba al cuello un collar de perlas y otro de áureos inmensos. Enlutada y sentada al lado del Príncipe; no puede ser. Pero, claro, claro, ya han pasado ¡cuatro años! Pregunté discretamente al director antes de volver a desaparecer en el laberinto circense. Era la ahijada del Príncipe y sobrina adoptiva suya. Máximo comía de sus manos, pues de nadie más se fiaba en su cerrado círculo de extraños personajes.

Yo no era más que un bárbaro, un extranjero, un peligroso asesino seguramente y ellos, ellos habían bajado directamente del Olimpo para pastorear al rebaño humano.

Esclavos, la humanidad entera no somos más que inmensos rebaños de esclavos, temerosos y humillados esclavos, ¡Ay del que se oponga a sus divinos designios! Echarán sal sobre sus tierras y los huesos de sus antepasados tras pasarlos a todos a degüello. ¿Qué derecho tenía yo a mirar a los ojos de nuestros tiranos cuando hasta mi padre, mi propio padre, había sido uno de sus esclavos?

La guardia imperial, bruñida de negro y oro, ¡nuestro oro! Desfilaba ante mis ojos la marcha de los patricios a la salida del circo. Se irían a reposar a sus inmensas mansiones, tan llenas de esclavos, donde el agua de docenas de fuentes lavarían sus manos manchadas de sangre.

¿De dónde sacaba Amor tal y continuo caudal de riqueza? Inagotable al parecer. Yo le había dado vueltas y más vueltas durante años sin encontrar explicación. ¿Por qué esa familia, hermanos, gobernaba el mundo y no la nuestra o la de los vecinos?

—Nos ganaron la guerra, hijo; les llevó años pero nos derrotaron. Mataron a todos nuestros bravos, vosotros erais unos niños y Bodón no había nacido por entonces.

—Lo sé, padre, bien que nos has relatado tus años de esclavitud. Pero es que había algo que no encajaba en aquel grupo de criminales en masa. ¿Qué hacía allí Julia? Esa Julia o cualquier otra.

Me llevó otros dos años entenderlo y asimilarlo.

Ella es Diana, la Cazadora.

Pero no quiero adelantaros acontecimientos. Volví a correr en el hipódromo y ya me miraban con mayor respeto, eso y los cuatro guardaespaldas que Marco siempre disponía a mi lado. Y un par de veces al año me llamaban del circo para los festivales imperiales.

Pero tenía que volver a Jasón, como fuera, ¡Antonio! Sabía dónde encontrar a Antonio que me había repetido en muchas ocasiones que los dos eran como hermanos; en las termas, rodeado de muchachos. Nada más verle le expuse mi problema: necesitaba ver y hablar con Jasón, era un problema muy importante y tan solo alguien como él tendría la solución.

— ¿No serán negocios? Pues vete pensando que Jasón es esclavo y apenas tiene para sus gastos personales mínimos.

— ¡Oh, no, no! Es sobre algo que me contó en el barco y que no dejo de dar vueltas.

— ¿Algo que te contó? Jasón es extremadamente reservado en todo lo que atañe a sus amos.

— ¿Eh? ¡Ya! No, no es sobre la gente; me habló de La Naturaleza. Así, a lo grande, como si comprendiera cómo funciona el mundo y todas las cosas.

— ¡Ese es mi amigo Jasón! Sí, le encanta hablar de esas cosas. Dentro de tres días hemos quedado en vernos en mi finca. Puedes venir, seguro que le encantará volver a verte y hablarte de sus teorías y cosmogonías.

Tres días más tarde estaba con la primera claridad del alba llegando con mis hombres a la casa de Antonio, apenas me apeé del caballo y ya les estaba abrazando. Jasón había pasado allí la noche, no tendría que esperar por él. Sabía de mis andanzas y éxitos, "El príncipe de los caballistas" me llamaban sus pupilos, los hermanos pequeños de Julia. Era famoso y bastante rico, entonces, ¿Qué podía requerir el más popular jinete del Imperio de un simple esclavo? Y viejo.

—Quiero saber cómo funciona el mundo.

— ¿El mundo? La Naturaleza no es una máquina, no funciona con unos mulos o unos esclavos que tiren de cuerdas y poleas; eso es el teatro o el circo.

—En el circo he visto muchas cosas que me han abierto los ojos, en parte, y pienso que lo que vemos tan solo es la parte que quieren que veamos, ¡y así pasa en todo! La propia naturaleza… ¡engaña!

—La naturaleza no te llama a engaño, pero hay cosas que ignoras. Entra, rápido, que está a punto de salir el sol; por algo Antonio te pidió que vinieras antes del amanecer. Ven con nosotros.

Caminamos hasta un cuarto oscuro, sin velas en su interior, sin ventanas abiertas, apenas los tres dentro cerraron la puerta y nos quedamos en silencio y a oscuras, ¿aguardando el qué?

— ¿Qué ves? Me dijo Jasón.

—Pues nada, y como no encendamos una linterna seguiremos sin ver nada. Esto es un cuarto oscuro. ¿Qué tenemos que ver?

—Muy bien, salgamos.

Al salir Antonio me pidió que me fijara bien en qué cuarto habíamos estado y el camino para llegar hasta él. Salimos fuera de la mansio y rodeamos el edificio, había un precioso jardín con árboles frutales, esculturas de sátiros, una piscina donde los ánades revoloteaban plácidos, un ciprés espléndido contra la luz del sol naciente.

— ¿Ves bien ese árbol? Me preguntó Jasón.

—Como no verlo, solitario y erguido, inconfundible.

—Muy bien Bodón. Haznos un favor: ¿Podrías llevarnos de vuelta al cuarto oscuro?

— ¿Es una broma? Es muy pronto para empezar a beber vino, os lo advierto.

—Ni es broma ni Antonio empieza a libar caldos antes de pasar al mediodía. ¿Puedes llevarnos de vuelta?

Buscaba desentrañar un misterio que me corroía, no había pasado ni una hora desde que saliera de mi hogar, y ya me estaba ganando el desaliento. (¡Mierda! Me están tomando el pelo estos dos viejos) Les guie por el camino que me habían traído e incluso abrí la puerta del cuarto para que entráramos.

—Ven, acércate a la ventana. Me dijo Jasón antes de que Antonio cerrase la puerta y nos quedásemos de nuevo a oscuras.

Después sacó un taco de madera de la ventana y un rayo de luz penetró en la pequeña estancia.

— ¿Ves la luz?

—Claro, y si abres la ventana veré mejor la estancia entera porque con un rayito ¡no sé qué querrás que vea!

—Mira la pared de enfrente.

Y miré.

Y allí estaba el árbol, el ciprés, perfectamente visible sobre la pared reflejado.

—¡¡Que se veía un árbol del jardín!!

—Sí, hermano cabezón. Perfectamente. Pero con una particularidad.

— ¿Cuál? ¡Ah, ya! Que estaba pintado y tú descubriste el truco enseguida. ¡Vaya bobada!

—No, no estaba pintado. Era su imagen perfecta. ¡Pero al revés! Como cuando los ves reflejados en un lago. La raíz estaba en el techo y la copa pegaba en el suelo. ¿Cómo era

posible? ¿Dónde estaba el truco? ¿En el cuarto oscuro?
¿Dónde?

—Está en tus ojos, Bodón. Me explicó Antonio. Tus
ojos ven las cosas de una manera, según la luz que les llegue,
y tu cabeza dura es como un cuarto oscuro, donde las cosas
se ven invertidas. Y ni tú ni nadie os dais nunca cuenta. El
misterio es cómo puedes caminar por el jardín y no
tropezarte con las copas de los árboles. Jasón comenzó a reír
a carcajadas.

— ¿Con…las copas de…? ¡Yo veo perfectamente! Si
no fuese así ya me habría matado en cualquier carrera.

—Tú y todos los jóvenes que tienen buena vista, pero
la naturaleza es como es, no engaña, el que tú no veas las
cosas como realmente son ¡es donde está el misterio!

Me dirigí a la ventana, la abrí de par en par, ¡y allí
estaba el ciprés! Erguido y maravilloso, como todo el jardín
de Antonio.

— ¿Entonces?

—Entonces, ¿cómo vas a evitar los engaños si tus
propios ojos no ven más que aquello que te han enseñado a
ver?. Tú has venido a mi casa por otra cosa y es difícil que
engañes a un par de vejestorios como nosotros. ¡A ti no te
interesa desentrañar los misterios de la naturaleza!

— ¡Que sí! Que quiero saber. Ya tengo riquezas más
que suficientes.

— ¡Ja! Ja, ja, y ja. Eso se lo dices a un cínico como yo y
a un pitagórico como Jonás; seguro que te vamos a creer. Tú
lo que buscas es riquezas, riquezas y más riquezas.

—No me vendrían mal unos cuantos talentos de oro,
tengo mucha gente a mi cargo. Pero yo quiero aprender, no
duraré mucho más haciendo carreras de caballos y en el circo
la próxima vez puede ser la última. Quiero dejarlo y

encontrar otra cosa.

—Jasón, hazle una prueba. Salgamos y le cuentas algo de lo tuyo.

Sentados en una larga mesa a la sombra de unas parras mientras tomábamos unas viandas Jasón comenzó a hablarme de un universo invisible, con un núcleo denso y oscuro alrededor del cual el sol y las estrellas giran y giran en capas y capas como las gradas del circo; cuando ya me estaba mareando de tanto mirar el cielo y tratar de imaginarlo comenzó a hablarme de su hipótesis atómica y geométrica de las partículas ínfimas que componen todas las cosas creadas y sus movimientos reglados por sonidos armónicos sobre figuras matemáticas que trazaba en la mesa con una tiza y un cordel.

Al poco rato mis ojos se cerraban, no estaba acostumbrado a madrugar tanto y mi boca se abría de bostezo en bostezo, y Jasón se dio cuenta.

—¡¡Bodón!! ¿A qué has venido aquí?

—Bueno, vale. ¿Cómo puedo hacerme más rico aún? Usted es esclavo de una de las familias más ricas del imperio, usted, una de las personas más sabias del mundo: ¡es un esclavo! ¿Cómo lo hacen esa familia o cómo lo hicieron sus antepasados? ¿Dónde está la fuente de su riqueza? Apenas ha dejado de ser una cría y ya es su diosa.

—Eso no es ningún misterio y tú tendrías que saberlo, ¡ah! perdona, eres extranjero, un bárbaro del occidente, vivías en el fin del mundo antes de venir aquí. De la arena, de ahí sacan sus riquezas la familia Julia.

— ¿De la arena? ¿La arena produce sestercios?

—A mí no, pero a ellos millones. Manejan toda la grava y arena para hacer o reparar todos los espigones y puertos del Imperio, todos los grandes edificios, el Circo, el Hipódromo, los Anfiteatros, todo. Tú, tus ojos, solo ven las piedras, los muros pintados, pero para que todo case y no se caiga hace falta grava y arena. ¿Te das cuenta? Son dueños de canteras por medio mundo donde tienen picando a miles y miles de esclavos; de sus talleres salen los mosaicos que adornan las grandes mansios y los palacios imperiales; tú ves ninfas y náyades bajo tus pies cuando los visitas y Julia sacos de sestercios. ¿Te vas dando cuenta?

Eso sí que me hizo espabilar.

Necesitaban constantemente miles y miles de esclavos trabajando en sus canteras, puertos, acueductos, obras y edificios imperiales. Donde está su fuerza está su debilidad.

— ¿Y el padre de Julia, el senador…?

—Es Julia, todo es Julia. Sus padres fallecieron ya. Está casada con Manilio, el senador Marco Manilio, sobrino del Príncipe Cayo Máximo. Ella lleva los negocios de su marido y los de sus hermanos. La enseñé bien.

— ¡Y el Imperio también!

—La mitad es propiedad del Príncipe y la otra mitad de las veinticuatro familias senatoriales. Y cuando los hermanos de Julia cumplan la mayoría de edad se irán haciendo responsables de la parte que les legaron sus padres. Sí, es rica, ya lo creo, es muy rica mi señora Julia.

—Y yo muy lerdo, con cuatro áureos ya me creo rico. Tengo que irme, os estoy muy agradecido a los dos y espero volveros a ver pronto, si puedo ayudaros en algo…

Cuando volvía a mi finca con mis cuatro hombres trotando detrás en mi cabeza un mosaico incompleto se iba formando, veía imágenes pero faltaban muchas piezas. No le encontraba sentido. No paraba de ver millares de esclavos picando piedras. Pero unos meses más tarde se me presentó una oportunidad dorada que no iba a desaprovechar y fue gracias a una persona de quien no os he hablado, adrede. Silvana.

Hermano, no me mires así; me volví loco por ella.

Se celebraba una fiesta muy señalada al comienzo del año y ella me invitó a acompañarla al Palacio Imperial; Silvana era la llave que durante años había buscado para abrir sus puertas. Y es bella, arrebatadoramente bella.

Se trata de una gran celebración que celebran al principio del año en una cueva cercana a la ciudad en la cual sacrifican docenas perros y cabras y después el Sumo Sacerdote mancha con la sangre recogida del altar a docenas de jóvenes apenas vestidos con taparrabos a pesar del frío reinante, después, los manchados, enloquecidos por la sangre, bajan a la ciudad azotando con largos látigos y varas de fresno a todo el que se encuentran a su paso.

Silvana es la mujer más díscola y atractiva de la ciudad y también la hija de un importante y rico senador, sus extravagancias no son del agrado de muchos pero ante sus riquezas casi todos humillan la cerviz. No penséis que yo era otra cosa para ella más que un mono de circo, solo le faltaba ponerme un collar al cuello y larga correa para exhibirme por las atestadas calles; en su tálamo, cuando me invitaba, sí solía ponérmelo, bueno, y otras cosas.

Lo que uno es capaz de hacer por dinero.

Los hijos de la loba, así llaman a esos jóvenes ensangrentados que corrían por la calles fustigando las gentes y ocurrió que un grupo se abalanzó sobre la litera de Silvana; yo, que la seguía a caballo me bajé de un salto y comencé a repartir puñetazos. Mal asunto, se reunieron al punto una docena de lobeznos y me molieron a zurriagazos con sus largas zamarras y varas. Fue Silvana la que me salvó de un mal peor arrojando unas monedas al suelo y gritándoles que se fueran.

No paraba de reír cuando sus esclavos me ayudaron a levantarme del suelo ensangrentado por todas partes.

¿?

—¡¡Bárbaro!!

¿?

—Eres el hombre más afortunado del mundo, ven, dame un besito.

—Pero, yo, ¡te golpearon! Intente…

— ¡Serás bobo! Bárbaro, no conoces todas nuestras costumbres. Me azotaron, un poquito, para desearme fertilidad y prosperidad, ¡por eso mis esclavos ni se inmutaron! Y tú, juáaaaaaaa, mi caballerito, juáaaaa, ¡te pones a defenderme! Te han dejado bueno. Serás la sensación de la fiesta No te limpies, quiero que mis amigos te vean así. Mi caballerito, ¿otro besito?

Nuestra entrada en palacio no pudo ser más triunfal pues Silvana fue relatando enseguida a sus amistades el suceso acecido. Increíble. Incluso los hombres, senadores de las gradas inferiores, se acercaban para sobarme los cintazos y mojar sus yemas en mi sangre.

¡Estaba bendecido por su Diosa Loba!

Silvana me lo había explicado de camino a palacio. Amor es la hija de La Loba y sus hijos imparables lobeznos que arroyan el mundo entero.

¿Vosotros lobos? Pensaba para mí.

Sí, no me miréis así, hermanos. ¿Cuándo habrá visto esa gente un lobo? Una manada cazando, su aullido en las noches claras. ¿Os gustan los lobos? Pues ya tenéis en casa un lobo auténtico, y me puse a actuar tal y como haría uno de verdad, como los que viven en nuestras montañas.

Primero arrimarse a las ovejas.

Aunque celebraban una fiesta no había señales de especial jovialidad y discretamente pregunté a Silvana por el motivo. Desde su entrada era el alma de la fiesta y todos se movían dando vueltas en torno suyo para que animara sus largas caras y tristes vidas.

— ¿Ocurre algo, Silvana? No quiero volver a meter la pata en el cepo, ya sabes.

— ¿No has mirado al cielo nocturno cuando veníamos a palacio?

—No, todo lo más tus largas y preciosas piernas. ¿A qué se debe este ambiente lúgubre? ¿No están de celebración?

—La Luna ha ocultado a Júpiter en la Casa del Escorpión Sagrado, ¿no te has dado cuenta? Indicando al cielo.

— ¿Y eso para vosotros qué significa?

—La muerte de un rey, nuestro príncipe tal vez. Por ello se haya oculto de nuestras miradas en sus estancias privadas. Ven, pasearemos por los jardines, tal vez encontremos alguien interesante. ¡Alégrate! Hoy es tu noche de triunfo, estás en el corazón del imperio, bárbaro; eres el primero de tu pueblo en lograr llegar hasta aquí, y no vas cargado de cadenas. Aprovecha la bendición de los hijos del Lobo, esta es su noche; deja que se te vean bien las heridas.

En una estancia algo me llamó la atención: eran unas placas de bronce con leyendas inscritas, me acerqué para leerlas.

Las leyes.

Leyes escritas para varias ciudades nuevas a punto de ser enviadas a los apartados rincones de su extenso imperio. Inapelables. Así rigen el destino de las tribus y pueblos en el orbe entero.

Grabadas en bronce.

Silvana me tiró de la toga (¡Deja eso, aburrido! Eso es para los pobres y los esclavos) y me acercó a unas mesas con vajillas de colores y vidrios diversos para atiborrarnos de viandas a cual más extraña. Sus grandes joyas de oro, las ágatas labradas en collares y pendientes, sus inmensos ojos marrones estaban realizando el embrujo que me olvidase de mis dolores, bueno, y también que está muy rico el faisán relleno de hígado de pato.

—Ven, Bodón, ¡Ya ha llegado Julia! Quiero que te vea, mi trofeo. ¿Sabes quién es?

—Tengo una ligera idea.

— ¿Sabrás comportarte, bárbaro?

—Sabré, mi señora, no tema.

—Es que, no sabes, ella es, ¡un espíritu delicado!

¿Delicado? Pensaba yo para mí. Todos bailáis al son que ella toca. Le dice al fauno, que es el Príncipe, que suene alegre y todos bailáis, que suene apesadumbrado y todos lloráis y os lamentáis.

Julia, suyo es el arco y la flecha.

Y yo voy a pecho descubierto. No era más que una cría.

¿Y yo? ¿Qué soy yo en ese momento?

Una puta moneda.

— ¡Eh! Enano, no insultes a las monedas, que a todos bien que nos gustan y más si son áureas.

—No insulto a las monedas, hermano, aunque ahora a mí me parecen despreciables. ¡No abras más la boca! Os contaré de qué va la historia.

Va de putas. Taparos las orejas las mujeres.

Amor está literalmente plagada de lupanares, sí, no me miréis así. Hay putas por millares. Cuando visitas un lugar de esos tienes que adquirir unas monedas, en cada moneda está grabado el servicio contratado, después eliges la prostituta que más te agrade y se la entregas para que ella lo realice. Y eso era yo en aquel momento en manos de Silvana: una puta moneda que entregaría a quien más le conviniera a cambio de ¡mis servicios!

Seguramente ya tenía planeado el trueque y con quién lo iba a realizar mucho antes de invitarme a la fiesta palatina. En un rincón del hermoso jardín imperial alumbrado por lámparas y esclavos se encontraba Julia rodeada por un grupo de afectados, putas de lujo, perdón, amantes de aristócratas y algún senador con traje de gala y espada al cinto, seguramente recientemente regresado victorioso de alguna campaña en tierras lejanas.

Silvana atravesó el grupo como el cuchillo la manteca y saludó efusivamente a la joven Julia; su esposo Manlio estaba a su lado, vigilante como una serpiente.

Me llamó a su lado.

Y mojó un par de dedos en la sangre que aún fluía de mi cabeza.

Y se la llevó a su boca.

(¿Tú eres el lobo aquí? Culebra de río y gracias)

Me incliné ante su silla en señal de respeto a la noble Julia por si también ella quería mojar en mi bendecida sangre.

— ¿Quieres una manzana, bárbaro?

Me quedé de piedra.

En su mano derecha me mostraba una manzana rojiza pero sus ojos me lanzaban la mirada más retadora que he visto en mi vida. Todo aquel que me retó perdió, siempre. Mi cuerpo debió ser animado por una deidad ignorada pues yo me sentía incapaz de moverme sosteniéndole la mirada.

Y me la llevé a la boca.

Como si fuese una cobra, sin dejar de mirarme fijamente se levantó e hizo el gesto de que la siguiéramos.

— ¿Cómo te llamas, bárbaro? Sígueme.

—Bodonius, mi señora, soy Bodón de los Vadinius, el invicto campeón…

—Ya, ya, ya, así que lo tuyo son los caballitos. ¿Has aprendido algo en este tiempo que llevas con nosotros? ¿Recuerdas lo que te dijeron mis padres?

— ¿Qué dices, Julia? ¿Que tus padres conocieron a este…?

—Sí, y yo también Silvana. Mi padre le convenció para que se quedara aquí cuando escapamos de Alexandrópolis, fue nuestro compañero de travesía en un barco pirata y, sí, ignorante bárbaro, a través de Jasón, que por ahí andará con mis hermanos sé bien de todos tus triunfos en el hipódromo y el circo, y con las putas. ¡No le golpees, Silvana! Perdona, tal vez Bodonius recuerde al príncipe, ahora rey, Alphax.

¿Alphax?

¡El segundo hijo del rey!

Tentado estuve de preguntarle al instante por la bella Zaida pero algo me retuvo. El jodido rey me recordaba y de nuevo volvió a lanzarme una mirada arrolladora. Pechito doradito, hoy eres lobito y yo el puto, pero puto jefe de la manada. Tú solo vales para lamer obeliscos.

Julia me pilló el desafío al vuelo y agarrándome por el

brazo me sacó del desafío.

—Hay algo en palacio que quiero que veas, Bodón;
Bodón tronante y triunfante, bendecido por los dioses,
imparable con las mujeres.

—Señora.

Apenas me llega más arriba de los hombros y no es
especialmente guapa, nunca la he visto portando joyas más
grandes que la uña de mi dedo meñique y apenas iba
pintarrajeada pero, de algún modo y manera, aquella noche
estaba consiguiendo que deseara tomarla en mis brazos y
besarla.

La seguí por el jardín como el lobo sigue a la loba
cuando buscan el rastro del jabalí. Ellas tienen mejor olfato
nosotros mejor mandíbula. Algo tramaba. Nuestras copas de
vino nunca se vaciaban pues esclavos prestos enseguida las
llenaban y yo bebía una tras otra, ensoberbecido por mi
sangre y su vino. Yo era el lobo y ellos la caza, mis ojos iban
de un cuello a otro. Y cuando menos me lo esperaba caí en el
chorco. Tendría que derramar sangre para salir de allí.

Lo siento, padre, sucedió y no pude evitarlo.

Julia condujo al grupo a un apartado rincón justo bajo
las estancias del edificio principal y allí, en el centro del
jardincillo estaba el trofeo, el triunfo que ella atesoraba sobre
todas las cosas y que marcaría mi trágico final. Y el de todos
nosotros.

— ¿Qué dices, gañan? ¿Nuestro final? ¿Y esa gente que
se acerca a caballo?

—Escucharme, que ya termino.

Allí, en el centro, bajo las ventanas del príncipe había
levantada una gran piedra, una estela, vagamente iluminada;
Julia, con dos esclavos a cada lado portando antorchas me

acercó hasta ella.

—Ven, Bodonius, ven, ¿reconoces esto? ¿Sabes lo que es? ¿Sabes ahora quien soy yo, Bodón?

Me acerqué y miré bien.

Nuestra Estela Sagrada, padre.

La que arrancaron y se llevaron de Vadinia.

En su jardín privado, para se meen en ella sus perros y gatos.

¡¡¡BODON!!!

La ira y la furia del dios debieron llenar mis miembros pues al senador que tenía al lado le solté un sopapo tremendo que le tumbó al suelo, le arrebaté la espada y me dispuse a realizar una matanza propia de un dios, el Dios Lobo.

Pero antes de que pudiese herir a nadie el rey Alphax se interpuso en mi camino, desafiante. Todos huyeron al instante mientras nosotros nos tirábamos una estocada tras otra. Yo me sentía capaz de matar a cualquier hombre aquella noche, todas las mañas que había aprendido con el maestro de gladiadores salieron a relucir en instantes, pero aquel gañan de rey tenía cuerpo de toro y aguantó mis tarascadas una tras otra, apenas algún rasguño conseguí hacerle y mis ganas de matarle y matar a todos iban en aumento.

En algún momento escuché a mis espaldas una voz imperiosa y lúgubre exclamar:

—¡¡Cese el combate en el nombre de Amor!!

No sé, debí creer que el senador se habría puesto en pie y me giré como un lobo y le tiré una dentellada.

Acerté.

Por el cuello le rajé.

Y Callo Máximo se derrumbó como una sombra a mis pies; sus ojos, sus ojos, negros de pez, me miraban, me miraban cuando me acerqué para ver bien a quien había matado, ni siquiera me fije en la docena de legionarios que llegaban a la carrera. Me agaché y el me vio.

Apartó una mano del cuello y la abrió mostrándome la palma.

—En paz. Alcanzó a decir antes de expirar.

Yo aproximé mi mano derecha a la suya y la mojé en su sangre.

—En paz.

Y me erguí, tiré la espada y comencé a salir del jardincillo. Nadie se movía. Todos contemplaban al Príncipe caído y apenas reparaban en el lobo asesino que de allí se marchaba a paso veloz. Sus negros designios, sus augures de tan extraña religión como tienen estaban en lo cierto; Júpiter había sido velado por La Luna en la Casa del Escorpión Sagrado y el Príncipe lo había pagado con su vida.

Un asesino sagrado, enviado de los dioses. Nadie era capaz de mirarme a los ojos, simplemente se apartaban de mi paso.

Jasón.

Jasón estaba cerca de la puerta, con las bridas de mi caballo en la mano, al tanto de lo sucedido, y me sacó de allí como quien saca a una oveja de un incendio. Fuimos a mi mansio y ayudó a recoger algunas pocas cosas de valor que pudiera cargar encima, tu talento, padre, y todos los áureos que guardaba en casa; esperó fuera mientras yo pagaba a mi gente y me despedía de ellos sin dar muchas explicaciones. Me esperaba fuera, sujetando las bridas de mi caballo absorto mirando cómo un milano negro perseguía y atacaba a un halcón peregrino y me despidió diciéndome algo que sigo sin entender:

—Esto te pasa por no saber geometría.

— ¿Te refieres a esos dibujos que haces con tiza? ¿De qué me hubiera servido?

— ¿No querías conocer los secretos de La Naturaleza? El Cosmos es similar a un instrumento musical, uno con muchas cuerdas; en el tiempo que llevas con nosotros aprendiste a pulsar unas cuantas, grandes triunfos has conseguido, y esta noche, iba a ser tu gran noche Bodón. Silvana no ha sido más que el cebo para llevarte hasta el triunfo supremo.

— ¿Julia?

—Mi señora. Secretamente enamorada de ti ha seguido a través de mis espías cada uno de tus pasos desde que nos bajamos del barco, Bodón. Esta noche podías haber tenido el instrumento completo en tus manos, pero, pero pulsaste una cuerda, sin querer lo comprendo, designios divinos o algo así, y has matado al Emperador. Ella será a estas horas la Emperatriz, y tú un cadáver que cabalga, no habrá lugar en el mundo en el que puedas escapar de la venganza de Amor. Ve, en paz. Deberías haber estudiado geometría, eres un buen hombre.

— ¿Y entonces estos caballeros que acaban de entrar en mi villa vienen a asesinarnos por orden de tu enamorada?

—No los envía ella, padre, en el tiempo que me ha llevado atravesar el mundo logré averiguar que el nuevo Príncipe no ha dictado ninguna orden contra mí; en su superstición creyeron que yo maté por mandato de los dioses; nadie me ha puesto la mano encima.

— ¿Y entonces por qué nos van a degollar a todos?

—Por el senador al que derrumbé de un puñetazo partiéndole la mandíbula, el padre de Silvana, él los envía. Sí, tenía razón Jasón, debí aprender un poco de geometría.

EL CASO DEL HONGO ASESINADO

Hay días que uno no está para nada, para nada bueno, hay días que no puedes ir por el campo, recogiendo florecitas, pues se te ocurren ideas, te traspasan sensaciones extrañas, escuchas noticias terroríficas, y como siempre llevo algo de papel y un lápiz o bolígrafo, en fin, pasen y lean, señoras y señores cómo será su espantoso futuro cercano.

AVISO: No es un cuento para niños.

Ni siquiera sé si es un cuento.

Seca.

Bella. Es muy bella, seca y fría, como todas sus amigas en este infierno, y me arrastró tras de sí con el cimbrear de sus caderas y el aletear inesperado de sus largas pestañas. Es bella, seca y fría, pero me indujo a seguirla por campos y veredas entre casas destruidas con alguna especie de arte mágica.

Permítanme que me presente: soy el detective Samur Pan, Samy para los amigos, y estoy haciendo el informe del caso del asesino del hongo, el último hongo yesquero que quedaba en el planeta. (¿Qué me inducía seguir el movimiento cular, ¡impresionante! de una diabla auténtica?)

Fría y seca, seca; yo aún no lo sabía.

Recibimos el aviso en comisaría a las 11.35 del día 25 del mes del pandero, tres años después del Gran Desastre, y el comisario me cogió por la oreja y me envió a recabar datos in situ.

—Tenemos una denuncia, atiende tú el caso, Samur.

Un subray, no pasará de los ocho años, se había presentado en comisaría con un hongo yesquero al que habían baleado y decía saber el lugar donde había sucedido. Aún quedaban bastantes horas de luz antes de que llegara la noche y en minutos estaría en lugar de los hechos si acompañaba al peque con mi bicicleta.

— ¿Necesitas que te acompañe el forense?

—No, gracias, jefe, no le moleste; usted sabe de sobra como me gustaba salir a setas hace años. Es el típico hongo yesquero que crece en los álamos y por los datos del subray sé más o menos dónde ocurrió el suceso.

—Samur, ¿qué tiene de importante este puñetero hongo maloliente?

—Pues que seguramente era el último de su especie; habría que irse a Siberia para encontrar otro semejante.

— ¿Siberia? Aquello debe estar todavía muy caliente. Vete con el peque y averigua que arma usaron y quien pudo ser.

Dejamos las bicis apoyadas en una valla que aún quedaba en pie y traspasamos la tapia por un boquete que seguramente los subrays del barrio habían abierto. Una vieja instalación militar, hace muchos años abandonada, la pista americana, el patio de armas, los barracones y garitas, todo invadido por los arbustos, la hierba y los árboles; lo único vivo que soporta la niebla radiactiva que cada poco nos visita desde que cayó la bomba sobre el aeropuerto.

Me guió hasta un álamo joven, partido por la mitad; con el yesquero en la mano pude reconstruir el suceso y la situación, la trayectoria. Buscar el proyectil y casquillo.

Nada.

Es un hongo yesquero, hubiera ardido, lentamente, muy lentamente tras atravesarle la ardiente bala; durante milenios la humanidad fue llevando consigo el fuego de un lugar a otro gracias a esta propiedad de los yesqueros. Pero nada.

El árbol.

Tampoco; un árbol joven, lleno de brotes primaverales, partido por la mitad y sin rastro de quemaduras. Nada.

El subray se había dado el piro apenas mostrarme el árbol y pude caminar por el lugar, deambulando, intentando imaginar cómo sería la vida castrense en este lugar hace muchos años. Pero, ¿entrar en una vieja instalación militar para pegarle un tiro a un hongo? Con lo escasos que andamos de munición. ¿En qué cabeza cabe tal cosa? Vivimos tiempos enloquecidos y solo nos falta aullarle a la luna llena, también nosotros, ¿y esto?

— ¡Setas! Cojona, ¡aquí hay setas! Lactarius, son del tipo Lactarius.

¿Cómo es posible? ¿Después de tres años? Es increíble este mundo, el de los hongos, como si fueran inmunes a la radiación, y al cáncer, y a…

— ¡Aquí hay más! Lepiotas, ¿serán comestibles o estarán radioactivas?

Como en un trance leve, hablando solo, una intoxicación etílica, la enésima, las horas pasaron aladas sobre este pobre detective explorando la instalación militar. De asombro en asombro fui descubriendo de qué modo la naturaleza se repone de la malicia humana. Hay árboles quemados pero la mayoría despliegan brotes y nuevas hojas al fulgor primaveral, los arbustos y docenas de hierbas raras lo han invadido casi todo, las viejas pistas de entrenamiento militar, incluso las de cemento, están prácticamente cubiertas por un manto herboso. Viejo aficionado al tema voy descubriendo hongos de todo tipo por cualquier rincón. Es increíble, en tres años ni se me había ocurrido mirar entre las hierbas de los campos que rodean la ciudad; siempre atento a los que corren.

Se queda sentado sobre una gran piedra fumando (Debe de ser el único hombre de la ciudad que aún conserva ese noble vicio y cada pito lo acompaña con ademanes de chamán tártaro cuanto menos. Por los esparavanes que hace y las filigranas con las volutas de humo) Sentado no advierte que alguien se está aproximando rápidamente a su puesto de observación por la espalda hasta que escucha el crujido de una ramita pisoteada, se incorpora y gira y trata de sacar su arma con la pericia que dan quince años de servicio, más los ocho que estuvo de paracaidista. Pero recibe una patada en el pecho que le tira de espaldas mientras pone los ojos como platos:

— ¡Una tía…!

El golpe es preciso como pocos y me ha sacado el aire de los pulmones, necesitaré segundos vitales para recuperarme pues apenas puedo respirar; así que solo queda mirar a la agresora. (¿Qué es? ¿Una bruja? ¿Ese atuendo? ¡Uff! Hacía años que no veía una mujer tan guapa, en el cine ¿y esos colores de pelo? Será vasca; en cuanto pueda hablar le diré: Kaixo, zer moduz? O algo así. ¡Joder, qué cuerpazo tiene! ¿Será…?)

— ¿No quiere levantarse? ¿Va a esperar la noche ahí tirado?

Le ofrece las manos para ayudarle a incorporarse, al

menos a sentarse en el suelo. Toses y más toses.

—Debería dejar de fumar. Ya nadie fuma en este mundo. ¿Es usted rastreador?

—No, ¡Uff!, policía. —Toses y más toses.

— ¿Un alijo requisado?

—Vivo encima de un almacén de tabaco; tengo suministros para años. ¿Quiere un Camel? (Sus manos. Frías y secas como las de un muerto, pero su aspecto es de gimnasta olímpica, su tono de piel azul. Aquí pasa algo raro)

— ¿En qué piensa, policía? Le noto ido.

—En que está atardeciendo y tenemos que largarnos de aquí cuanto antes.

— ¿Qué buscaba en este lugar?

—Pues, espere que pare de toser, a un asesino.

—Nadie sobrevive a una noche de niebla en un lugar tan desamparado como éste, eso lo saben hasta los gatos. ¿Dónde encontró el cadáver?

—Estaba aquí, bajo este árbol partido en dos. ¡Sí! No me mire así, aquí mismo. Es un hongo, lo llevo en el bolso de la chaqueta. El último hongo yesquero.

— ¿Por… un hongo…ha venido hasta aquí desde el centro de la ciudad? Me está empezando a gustar usted, a pesar de esas barbas.

—No pararé hasta dar con el asesino; esto es algo personal. ¡Por San Jorge!

— ¿Y qué va a hacer con él cuando lo encuentre?

—Un tiro en el entrecejo. Ya sabe: quien a hierro mata…

Poco a poco la extraña pareja se aproxima al hueco en la tapia y el poli se agacha primero y hocica enfurruñado hasta ver su vieja bicicleta todo terreno. Sigue en su sitio, con sus tres cadenas y cinco candados. Ya sonríe. (¡Joder! Qué patada de mula me soltó esta bruja, sigo sin coger aire)

— ¿Qué ha hecho?

— ¿El qué?

—Usted, usted, usted ha atravesado la tapia como si no existiera. No puede evitar dar unos pasos hacia atrás del susto.

—Tal vez tan solo esté en su imaginación.

— ¿La tapia de un cuartel militar? ¿Y esa vieja garita también es imaginación mía?

Reflejos trabajados durante años con los paracas, cursos y cursillos en la escuela de la Policía Nacional, y haberse criado en el pueblo donde se crió le hacen girar con suavidad y dar cuatro zancadas hasta la bici y agacharse sacando el llavero para ir abriendo candados pero antes de que haya soltado el primero ya tiene el arma reglamentaria en la mano y está apuntando de rodillas a la deportista de melena arco iris.

— ¡Quietecita y ni te menees! Y me tocas las palmas con si fueras una princesa gitana. ¡Ya!

— ¿O qué? —Y va la tía y se pone a andar hacia mí.

—O te pego un tiro en la flor del sujetador.

—No dispare, por favor, no dispare usted, este es el último de Secret d´Eva que me queda. Pero se me da mal tocar las palmas, no soy gitana.

— ¿Sí a búlgara, no a gitana?

—Correcto, deje de apuntarme ahí.

—El poli soy yo y me vas a explicar cómo has atravesado ese muro de ladrillos y cemento, ¡me tiembla el pulso! Igual te doy en un ojo.

Y la tía se acerca aún más.

—Mejor dispare a un muslo.

— (¡Joder, que le tire a un muslo! Si cada pierna medirá un kilómetro...) Parla o te tumbo y dejo que te desangres aquí mismo.

— ¿Y no me llevarías al centro en tu bicicleta?

—Sí, claro, en la barra. ¿Dónde está el truco?

—No hay truco. Para mí no hay paredes. —Otro pasito más. Mira, dispara aquí.

— (¡Toma ya! Pues no va la jamba y se baja las mallas deportivas. ¡Bragas de florecitas! ¡¡Señor!! ¿Por qué eres tan cruel?) Le voy a pegar un tiro, se lo vuelvo a advertir, si no empieza a hablar y explicarse, ¡bruja búlgara!

—Tan fácil como yo atravesé la pared su disparo atravesará mi pierna. No dude más y dispare. A esta distancia supongo que será capaz de acertar. Otro pasito más.

El olor a almeja de Carril y perfume J´adore golpea como un mazo la pituitaria del fumador agachado. La tiene a menos de metro y medio. Su cerebro cavernario, reptiliano, bueno, como lo llamaran antes funciona por sí mismo y ante el ataque inesperado reacciona: el dedo aprieta el gatillo y la bala atraviesa el muslo de parte a parte. El poli se yergue rápido, sorprendido por su acción inesperada, (¡Dios! Pero si le estaba mirando las bragas. Se me ha disparado. ¡Joder, y esto otro también! Se me ha puesto tieso como un poste del teléfono.)

— ¡Retroceda! ¡Le ordeno que retroceda! Pero, pero, pero, ¡qué cojones!

La bala atravesó limpiamente el muslo de la mujer, que apenas se inclinó un poco al sentir el impacto, rebotó en el asfalto y pegó contra el muro del cuartel, el siguiente rebote llevó el proyectil lejos de la absurda pareja. El poli no para de darle vueltas a su gorra de pescador a pluma de gallo y tentarse los bolsos de su chaqueta de nanofibras (ideal para escaladas) mientras enfunda el pistolo y la mujer procede a subirse las mallas de deportiva extrema que porta y se le queda mirando, desafiante.

— ¡No cuela!

Y me lanzo sobre ella y la tiro al suelo y en dos segundos la tengo panza abajo y le estoy poniendo las esposas. Después la levanto y la cacheo bajo su escasa ropa. (¡A mí con trucos de ilusionista! Joder, joder, joder, ¡que le he disparado en el muslo! Ha sido sin querer, ha sido sin queriendo, jodiendo, ¿si hubiéramos estado jodiendo la hubiera atravesado? Pues buenas carnes tiene la señora.)

—Pasito a pasito y delante de mí, despacito y buena letra vas a ir caminado hasta comisaría. Alto un momento.

El poli, que ya no sabe si mesarse las barbas o darse un masaje cardíaco se agacha para soltar la bici abriendo candado tras candado; cuando ya tiene todo bien enrollado a la tija se incorpora totalmente y agarra la bici por el manillar, pero antes de que sea capaz de articular palabra la mujer exclama, con ligeros tintes de recochineo búlgaro, o de donde sea:

— ¿No quieres colgar también las esposas bajo tu culo hermoso?

Las esposas cuelgan de su mano izquierda perfectamente cerradas.

Siempre he sido un hombre templado, incombustible e inalterable; en los asaltos y destrozos vandálicos que siguieron al Gran Derrumbe sobresalió mi capacidad de mando y aguante de la presión, participé en el primer convoy ferroviario (el bramido de las locomotoras diésel no se olvida fácilmente) hasta Gijón, en la cabina con el maquinista y una ametralladora ligera en cada mano. Cara de piedra, sí, cara de piedra es como me llaman a mis espaldas en comisaría, y más desde que me dejé crecer la barba para disimular en algo mi incapacidad para la gestualidad; especialmente en los músculos de la boca.

Neandertal, se llama él mismo para los adentros, que has desarrollado en estos tres años una mandíbula de neandertal. Y, sin embargo, sujetando la bici por los cuernos del manillar no puede evitar que su bocaza se abra con una O inigualable. (¿Será bisnieta del Gran Houdini? Ya me está hartando) Soltar la bici y soltarla un bofetón olímpico sucede en instantes. La torta se ha debido oír en un kilómetro a la redonda, la mujer gira sobre sí misma y casi se va al suelo. Pero en segundos se repone.

Seca y fría.

Su mirada es espeluznante.

—Debí matarte cuando te encontré. Te aborrezco, ¡azulete! No eres más que un puto azulete. Te recuerdo bien, un chulo de mierda, siempre explotando a las mujeres. Debí matarte, no has cambiado en nada, ni cambiarás.

— ¿De qué me conoces, bruja?

—Del Mercado de Ganados.

— ¡Ah! Eras de esas.

—Y tú de ¡esos! No has cambiado, así se acabe el mundo no cambiarás. Antes hacías la ronda con tu cochecito y sus lucecitas y sirenitas ahora la haces con una bici de crío, pero no has cambiado en nada, ¡chuloputas!

—Mira, guapa, me la vas a chupar por tiempos y cuando me apetezca. Camina hacia el centro que me estoy hartando.

— ¡Y una mierda! ¡Que te den por el culo! Tú sí que has sido siempre un mamón. Yo me voy a mi casa. Que ten por donde ya sabes. —Y se marcha caminando tranquilamente por un prado pasando completamente del madero chuleta.

Ahora sí.

Ahora con calma.

Saco la pistola de la cartuchera sobaquera y apunto al omoplato derecho (distancia cuatro metros) y disparo con frialdad y serenidad, como si estuviera en el campo de tiro.

Nota el impacto. ¡Joder, es un 38!

Pero sigue caminando, caminando, seca y fría. Maravillosamente brillante contra la luz del atardecer. ¿Qué hacer? Solamente una mujer entre cien, y eso sería antes, camina correctamente, y ella camina como si hubiera inventado el caminar bípedamente.

Ir tras ella.

Retomo la bici del suelo y marcho tras ella calladito y meditabundo, atento por si aparece la Niebla de La Virgen y la sigo por restos de urbanizaciones, algunas a medio construir, o campos copados de arbustos.

A cinco pasos.

Síguela a cinco pasos; la tienes a tiro.

(¿Y con qué la disparo? ¿Con un bazuca?) La muy bruja sabe bien que voy tras sus pasos pero nunca vuelve la cara. (¡Joder! ¿Por qué le dio Dios, patente error, los cuerpos más hermosos a las putas más guarras? Y esta bruja… ¡no la tengo fichada! Me acordaría) De repente la extraña pareja se detiene al unísono al ver pasar a lo lejos y a la carrera un grupo de ululantes pintarrajeados armados con hachas y machetes. No han notado su presencia y pasan de largo.

— ¿Subrays con esas pintas? ¿A estas horas? No les vi bien. ¿Una banda de críos? —Acierta a decir bobino el policía.

—No son críos jugando, son comancheros. Quieto donde estás, madero.

— ¡Y una polla como una olla! Voy a matar todos los que pueda.

Y me subí a la bici y comencé a dar pedales, pero cometí el error de pasar demasiado cerca de ella.

Salto y patada de película de Jackie Chan.

Azulete rodando por el suelo.

— ¡Carroña de España! ¡No soy tu madre! No volveré a salvar tu culo, ¡cabrón! Y ahora levanta y sígueme. ¿Qué pensabas? ¿Detener a más de veinte comancheros tú solo?

—Yo, yo no los detengo, los mato; solo trataba de matar todos los que me fuera posible. Van hacia la zona de la plaza de toros, tal vez pillen desprevenidos a los vecinos. ¿Y tú? ¿Dónde va la bruja?

—Voy a Armunia, y no esperaré más por ti. Levántate y camina.

— ¿Aún quedan ratas en Armunia?

—Ni ratas ni hombres, estás avisado. ¿Cómo te llaman ahora, madero?

—Samy, ¿de qué me conoces? En serio.

— ¿No eres el hijo del panadero? Mucho pan os compraron mis padres.

Cabeza inclinada hacia el ombligo, las manos en el manillar y sigues sus pasos sin levantar la vista de sus canillas. (¡El matrimonio búlgaro que vivía entre los gitanos! Sería una niña, una niña si me conoce de cuando ayudaba a mi padre en la panadería. ¡Qué recuerdos! Su padre era fresador, tornero, algo de eso, de los que manejaban máquinas herramientas en algún taller cercano) Callejuelas y más callejuelas entre casas arrasadas y abandonadas, el olor a estiércol de palomas y cagadas de rata. Conocí y disfruté de una ciudad viva como un animal magnífico ahora camino por su esqueleto tras un fantasma. Un fantasma que da patadas de taekuondo con una facilidad asombrosa. El mundo se ha quedado en un puro muradal; pero vuelven a salir las setas. Sigue andando.

— ¡Rápido! ¡Súbete a la bici y corre tras de mí!

— ¿Qué haga qué?

— ¡Que corras, gilipollas!

La mujer comienza a esprintar como si la persiguiese una pantera y el poli no tiene más remedio que subirse a la bici para seguirle la pista. (¡Joder! ¿Esta tía no habrá competido en las últimas olimpiadas? Apenas puedo seguirla) Al llegar a la altura de un taller de automóviles, la trapa está reventada y levantada, la mujer entra como una exhalación y el ciclista ha de hacer una jichada para no estamparse contra la puerta y entrar tras ella.

— ¡Aquí, rápido! ¡¡Rápido!!

Hay un coche levantado en gatos y caben los dos debajo con bicicleta incluida.

—Pero, bueno, ¿tú estás loca o qué?

—Tú calla, observa, y aléjate todo lo que puedas de la puerta.

— ¿Más comancheros? Y ya está sacando el pistolo, la bici al suelo, y comprobando el estuche de cartuchos que lleva en la parte posterior del cinturón.

—Infinitamente peor, atento; y guarda el revólver.

En el silencio de la ciudad vacía se empieza a percibir

el sonido silbante de algo que cayera del cielo. (¿Un misil? ¿Quedarán todavía en el mundo artefactos de esos y gente capaz de dispararlos? No, calla, es como si fueran muchos)

Son más que muchos. Son muchísimos.

Una granizada infernal, proyectiles como pelotas de ping-pong pero ardientes comienzan a caer en la calle rebotando contra todo. Instintivamente el poli se va hacia la pared posterior del taller pero la mujer le sujeta por la cintura para que permanezca bajo el automóvil.

—No nos podemos fiar del techo de este viejo taller, quieto aquí, conmigo.

—He visto granizadas impresionantes en estos últimos años, pero esto, ¡esto! El granizo no arde, ¡es hielo!

Alguna de las pelotas ardientes entra en el interior del taller y tras parar de dar botes sigue y sigue ardiendo desprendiendo un intenso olor a azufre. Aunque apenas dura un par de minutos la granizada de fuego los desperfectos deben de ser importantes pues escuchan explosiones lejanas y el crepitar de las llamas en edificios cercanos.

—Mira, Samy, observa estas cosas.

Una de las pelotas, ya apagada, está cerca de sus pies y los dos se agachan para investigar.

—Parece material volcánico.

— ¿Sabes algo de volcanes, azulete?

—Una vez estuve en las Islas Canarias, de vacaciones.

— ¿Con alguna de tus putas?

—No, con mi esposa.

— ¿Estás casado?

—Estuve. Falleció hace tres años, cuando el Gran

Hundimiento.

— ¡La Gran Liberación!

— ¿Liberación? Eso sería de los demonios porque las personas de carne y hueso cuanto hemos padecido desde entonces. ¿Por qué dices eso?

—Todo el mundo estaba esperando que ocurriera algo, algo liberador, que despertara las conciencias y nos elevara a un plano superior de conciencia.

— ¡Vaya chorrada! Si aquí no hay más que criminales… Las batallas, Las Grandes Guerras de Babilonia, millares de años de matanzas continuadas, se extendieron por todo el planeta y el resultado lo tenemos a la vista.

Y me agaché para observar mejor un par de pelotas, que ya habían dejado de arder, con una chapa de latón para no quemarme los dedos.

— ¿Y bien? ¿En qué estás pensando? ¿Qué son?

—No lo sé, espera a que enfríen; parece material volcánico. (¿Y si el supervolcán de la isla de La Palma ha entrado en erupción?) ¡Palmero sube a la palma…!

— ¿Qué cantas? ¿Se te ha ido…?

—No, no todavía; debería haber traído el walkie encima para poder hablar con la central. (Si no está ardiendo por los cuatro costados)

— ¿Aún usáis esos aparatos?

—Es secreto de estado; si dices algo a alguien te pegaré un tiro en las meninges.

—Ya sabes lo que ocurriría, azulete.

—Pero, pero, ¿cómo puedes hacer eso?

Y la agarra por la chaquetilla y la acerca hasta casi

tocar nariz con nariz.

—Ni yo misma lo sé, y como no me sueltes tus dos pelotas van a estar ardiendo en dos segundos. Y no me refiero a las volcánicas.

(¡Dios! Ese olor a J´adore y puta de río puede enloquecer a cualquiera.) La tuve que soltar y me puse a recoger unas cuantas bolitas aún calientes y las guardé en las alforjas de la bicicleta. Bajo la recortada abierta, ahí estarán bien; en la otra alforja llevo la munición.

—Pero, bueno, ¿tú que eres, Samy?

—Oficial de policía, agente de la ley, detective.

— ¿Qué ley? ¡Hace tres años que se fundieron las leyes!

—Mientras yo camine habrá ley y orden en este mundo. Y, a mayores, soy matador de comancheros.

— ¿Ma...tador? ¿Y usas estoque con ellos?

—No, esta recortada que has visto.

— ¿Y las granadas de mano?

—Para cuando pillo unos cuantos juntos.

— ¿Y les cortas las orejas?

—Y el rabo. Me piden pruebas en comisaría. ¿Cómo piensas que llegué a detective?

—Siempre fuisteis así. Así caigan las estrellas del cielo.

—Alguien tiene que hacer este trabajo de cerdos. ¿Nos vamos?

De nuevo los incendios se han adueñado de este puto estercolero, si algo quedaba por quemarse, tejados, chamizos, ahora lo está haciendo, nubes negras y olor a azufre y petróleo mires donde mires. ¿Quedarán ratas en Armunia?

¿Quién puede vivir allí y sentirse a salvo de los comancheros? Siempre fue un poblacho, y bendito el día que me marché de allí y me fui a vivir en el centro de la ciudad.

— ¿Sigues pensando en el hongo?

—Por eso te sigo en vez de pedalear hacia el centro.

—Un hongo.

—Una esperanza.

— ¿De qué?

—De que todo vuelva a ser como antes; las plantas, los árboles, se han sobrepuesto a los efectos de la bomba atómica y soportan esas nieblas radiactivas que de vez en cuando aparecen bajando de La Virgen.

—Cada vez son más raras.

—Sí, ya hace un mes de la última. Pero seguirán apareciendo, y los hongos, las setas, parecen capaces de soportarlas.

—Bueno, ¿y qué? ¿A quién coños le importa una puta seta?

—A mí, pero bueno, ¿tú que cojones eres? ¿No sabes el hambre que estamos pasando? Conozco al menos una docena de setas comestibles fáciles de encontrar y ya estoy harto de comer de lata. Este fin de semana me iré a la orilla del río a llenar un cesto. Me muero por una fritanga de boletus, ¡tres años sin probarlos! ¿Dónde habitas, bruja?

— ¿Habito? Joder, igual me vas a pedir ahora la documentación.

— ¿Recuerdas lo que quiere decir esta chapa? Te puedo pedir lo que se me ocurra; eres sospechosa.

—Y si no, puta.

—Vamos a dejar eso; ya nadie tiene apenas dinero. Eso era por el puto dinero y las drogas, nadie lo sabrá tan bien como tú. ¿Qué te metías?

—De lo que pudiera, ¿y tú?

—De lo que consiguiera. ¿Te conozco de algo? ¿Alguna movida?

—Te di una patada en el pecho.

—Vale, de eso me acuerdo aún. ¿Cómo tengo que llamarte?

—Dara.

— ¿Y eso en cristiano qué significa?

—Que soy lo que no te esperabas. ¿Vienes o te quedas?

Siguen caminando por calles destrozadas, el asfalto recubierto de hierbas, y observando diversos fuegos aquí y allá, pero ni un alma a la vista. La luna llena es claramente visible al sur majestuosa en el cielo del atardecer dorado. Su destino es una casa un tanto apartada de las demás y la finca está cercada por un alto muro. Entran por la puerta de la cochera. Acorazada. El enorme pestillo de acero escocés es inconfundible; haría falta un tanque para tirarla abajo.

—Deja ahí tu bici y tus armas.

— ¿Estoy detenido? ¿Me vas a poner las esposas?

—No te he traído a mi casa para juegos sexuales que ya nadie recuerda. Deja ahí todo el hierro que llevas encima, nadie se lo va a llevar. ¡También el cuchillo que llevas en la pantorrilla derecha! ¿Tú te crees Rambo o algo así?

— ¿Y tú, sabionda, te imaginas cuanta gente me he tenido que cargar?

—Deja también la pastilla.

— ¿Lo qué?

—La pastilla de cianuro o lo que sea que llevas en el bolsillo derecho del pantalón.

— ¿También lees el pensamiento o algo así?

—No, pero en vez de tocarte los cojones continuamente, como hacéis todos los hombres, no paras de tocar algo pequeño que llevas en el pantalón. ¡Déjala ahí encima!

El casoplón no tiene pinta de haber sido deshabitado en ningún momento, un sonido continuado hace pensar al poli en un generador eléctrico, tal vez alimentado por placas solares en el tejado del chalet, y cuando Dara comienza a dar la luz cuarto tras cuarto ya no le caben dudas.

— ¿Qué quieres tomar? ¿Frío o caliente?

—Cuando llego a casa a estas horas suelo tomar una sopa.

—Si quieres sopa te la haces tú, que no soy tu madre. Voy a cambiarme de ropa y haré café. Si quieres algo de alcohol mira en el mueble bar.

—Joder, pero si tienes hasta Ribera del Duero, crianza de 2.014. Abriré una botella y el café lo tomaremos después.

Mientras me afano en encontrar el descorchador y abrir la botella, preparar un par de copas, poner música, ¡vaya colección de discos tiene la bruja! ella aprovecha para cambiarse y sorprenderme con un vestido entallado y jodidamente sugerente, las zapatillas de trail running han dejado paso a zapatos de aguja. (¡Esta bruja! Bien sabe que aunque se ponga un camisón de fantasma inglés puede levantársela a cualquier barbado de este planeta. Deferencia de la casa. ¿Esta no trabajaría en algún piso de lujo del que nunca tuve información?)

— ¿Qué miras con tanto interés? ¿Qué te llama tanto la

atención de mi hogar?

—Esa piedra que hay sobre la mesa, ¿qué es?

—Un fósil, tiene sesenta y cuatro millones de años.

— ¿De cuando los dinosaurios?

— ¿Tú terminaste la E.G.B.? Sí, vale, voy a hacer café. No está mal este vino.

Un par de copas que siguen a otras ya en el coleto, algo de música disco de los setenta, buenos butacones y sofá, ¡qué pena que no se pueda ver la tele! Estaría bien un Barsa-Madrid. Pero aun así sigo ceñudo y pensativo; algo no me cuadra.

—Un euro por tus mentiras.

— ¿Tienes un euro? Perdona, pensaba en el hongo; bueno, más bien en el arma que partió el árbol por la mitad. Ahora eres tú la que no aparta la vista del fósil.

—Llevo tres años mirándolo. Me tuve que tirar algunos tíos para poder comprarlo; sin saber por qué. Una obsesión que tenía antes de la bomba.

— ¿Y eso?

— ¿Ves este mineral oscuro que tiñe el dinosaurio?

—Sí, será hierro o cobre.

—Es iridio. Ya he dicho que pertenece al tiempo cuando ocurrió la extinción de los dinosaurios.

— ¡Ah! Ya te entiendo, este mineral es un resto del meteorito que causó la extinción masiva…

—No hubo ningún meteorito, bobo, seguro que no fuiste a la universidad.

—No valía para estudiar, me apunté a los paracas con

diez y siete años.

—Aun no tenías barba. El iridio de todo el planeta se produjo gracias a grandes explosiones nucleares, ¿lo entiendes? Bombas atómicas como la que cayó en La Virgen del Camino, ¿lo pillas, azulete?

— ¿Bombas atómicas hace sesenta y cuatro millones de años? ¿Seguro que no te metes nada? No te noto que estés puesta con algo, aunque contigo ya no sé.

— ¿Tú has subido hasta La Virgen alguna vez en estos últimos años?

—De Trobajo para arriba sigue siendo zona radioactiva, solo me atrevo hasta el barrio Paraíso. ¿A dónde me quieres llevar?

—Justo a donde estás; sí, puedes servirte otra copa.

— ¿No me irás a hacer creer…?

— ¿Tú sabes quién tiró la bomba que cayó allá arriba y todas las que cayeron por todos los rincones del planeta?

—Joder, ¡serían los rusos! La de aquí la tirarían los rusos.

— ¿Y por qué no los americanos o los chinos?

— ¿Los chinos aquí? Tú estás tolondra. ¡Los americanos! Nuestros aliados. Sería una reacción en cadena, los rusos tiraron las primeras y los demás empezaron a tirar de todo por todas partes. Tuvo que ser así. Y el mundo se fue al carajo.

—No me escuchas, madero. Tú tienes menos de policía que yo de astronauta. ¿Quién querría tirar una bomba atómica en este chaparral alejado de cualquier sitio importante? Me dijiste que has ido hasta Gijón.

—Sí, hicimos un par de convoyes.

— ¿Cómo está Asturias?

—Arrasada, peor que aquí; ya no se puede ir.

— ¿Entonces? ¿Has ido también al Bierzo?

—No, pero me han comentado algo unos compañeros
de La Guardia Civil.

— ¿Y?

—Vale, toda la parte central está quemada.

— ¿Y? ¿Te has estado imaginando todos estos años a
los rusos, en plena Tercera Guerra Mundial, atómica,
apuntando sus misiles a las peras del Bierzo? Y sabrás cómo
está Castilla la Vieja.

—Ya, ahora que lo dices no tiene mucho sentido;
fuimos una vez con el tren hasta Venta de Baños, kilómetros
y kilómetros de trigales arrasados. No sé, el mundo
enloqueció y había tantas bombas…

— ¿Has estudiado las piedras? ¡Ah, ya! Que no has
vuelto a subir a La Virgen del Camino. Te mostraré alguna.

Se va ligera cual náyade meneando las caderas de un
modo inenarrable y cuando vuelve ya estoy por la tercera
copa y tengo otra botella a mano, me enseña una caja de
metal, una antigua caja de caudales, con su vieja llave y todo,
forrada por dentro de tela carmesí, y me muestra lo que
guarda en su interior: unas piedras carbonizadas.

—Eran parte del edificio del aeropuerto, ¿qué
observas?

La vista enseñada de un poli maduro va enseguida de
las piedras al fósil; irrevocable a primera vista pero necesitaría
mi microscopio para estar más seguro. Hacer una prueba
pericial; siempre me gustó la mineralogía, de chaval
coleccionaba minerales, pero se me daba fatal la
cristalografía.

— ¿Qué me quieres decir, bruja?

—Lo que tus ojos y los míos están viendo. Disculpa, tengo que atrancar las ventanas.

—Espera, te ayudo.

Con unas fuertes placas de acero tapan las ventanas donde apenas quedan cristales que no estén rotos a pesar de las contraventanas de madera; es la ventana del salón que da a la calle.

—Tienes la casa acorazada, pero, ¿no estarías mejor en la ciudad? Un día u otro los comancheros encontraran el modo de asaltarla.

— ¿En qué barrio?

—No sé, pero en el centro todavía quedamos unos cuantos miles de personas.

—No puedo estar con vosotros, te lo aseguro, terminaría comiéndome a alguno.

—Y yo tendría que matarte, comanchera. Seguro que encontraría el modo.

—Tal vez sería una bendición que lo encontraras, pero, por el momento prefiero vivir aquí. ¿Está bueno el vino? Yo nunca entendí de caldos.

—Cojonudo; así que iridio. No entiendo nada. Dara, una cosa: ¿te alcanzó la onda expansiva de la bomba? ¿Dónde estabas cuando cayó?

—En un hotel del centro, con un cliente. Vimos cómo subía el hongo por la ventana del dormitorio y nos metimos debajo de la cama, al poco los cristales atravesaron toda la habitación pero salimos indemnes. ¿Y tú?

—Pues yo andaba cerca, estaba de servicio, patrullando por Papalaguinda, y la suerte fue que nos quedamos dentro del coche y no nos cayó ningún árbol encima. El coche patrulla aún sigue en el mismo punto donde lo abandoné. Bueno, ahora te tengo que abandonar a ti, ya sé dónde vives; se me va a hacer de noche.

—Ya es de noche, tonto del nabo, ¿quieres volver a oscuras a una ciudad en llamas?

— ¿Que ya es…? Joder, me he pasado con el vino. ¡Uhh! Se me va la pinza. ¿Por qué me tuviste que patear? Aún me duele el pecho, ¿no podías decir simplemente: hola?

—Me hubieras disparado antes de que te preguntara que tal estás; y a mí me jode los agujeros que me has hecho en la ropa cuando me disparaste por la espalda. ¿Dónde encuentro ahora una ropa así?

—Coges aguja e hilo y los cierras. ¿Cómo has logrado sobrevivir a los comancheros todos estos años? ¿No has pasado miedo, aquí, tú sola?

—No estoy tan sola como crees, hay otras como yo. Ya sabes, así de especiales.

— ¿Que hay más? ¿Dónde?

—Por ahí. A veces nos reunimos.

— ¿Y hacéis corros?

—Y nos metemos el palo de la escoba por el culo, no te jode. Eres un mirlo, madero, bueno como todos los azuletes, siempre de machotes, os quitan las pistolas y las esposas… ¡y sois unos putos mariquitas!

— ¡A que te suelto otra galleta y te hago girar la cabeza más que a la niña del Exorcista!

Joder, me calentó la tía de cojones, o sería el vino, o que con ese vestido tan corto le estaba viendo las bragas; no sé, pero me levanté y me fui por ella, y la puta se levantó como una pantera.

— ¡A que te doy yo una que…!

Reflejos de gata contra instintos de pitbull. En instantes los dos están rodando por el suelo del salón y si logran incorporarse es para soltarse unos sopapos que hacen temblar el misterio; finalmente quedan entrelazados en una llave mutua de jiu-jitsu que no hace más que ahogarles.

— ¡Afloja o te mato, puta!

— ¿Sabes cuantas veces me han matado ya?

Fría y seca, es fría y seca, ni sangra ni tiembla; pero están tan entrelazados que tienen rozando sexo contra sexo y en segundos el poli siente un ardor intenso en el suyo que le pone el pene tieso como el tronco de un chopo, ¡es hasta doloroso! La aprieta un poco más y ella responde forzando la llave.

¡A ver quién revienta primero!

Todos mentimos, en este Puñetero Mundo todo el mundo miente, constantemente, pero hay verdades que no se pueden ocultar por mucho tiempo. Respirando entrecortadamente la pareja va regresando en segundos al estado primitivo de los peces de colores que inventaron el abrazo sexual; se besan con tanta fuerza que su pececito interior va a tener que respirar por las agallas.

Como un globo al que se le deja escapar el aire, así se le va la consciencia, y el semen, al policía y ¡calla! ¡que a ella…! ¡a ella parece que también…!

Tras unos largos minutos de silencio la mujer se levanta, un tanto sonriente, colocándose el cabello y el vestido y se dirige al piso de arriba, a su dormitorio; el azulete duerme quedo en el suelo con cara de angelito triunfador. (¡Era tan guapo! Era tan guapo antes de que le saliera la barba)

Pasan las horas solitarias y silenciosas en los barrios del extrarradio y pueblos del alfoz, algún fuego escaso aquí y allá, en los árboles de las riberas de los dos ríos, en el centro de la ciudad, cosa de poco, poco queda ya que pueda arder. Pero aún quedan fuegos tras la granizada extraña de la tarde pasada. Y silencio. Ahora siempre hay silencio en las noches estrelladas.

De repente, alarido estremecedor, y un sonido como de garras arañando el portón de la cochera despierta al poli sobresaltado. Se dirige raudo a la bicicleta y en instantes tiene montada la recortada, ¡ah! y una caja de cartuchos.

Se van a enterar estos inhumanos, hoy corto cuatro rabos por lo menos.

Pero en vez de ponerme a abrir el portón subí a la carrera al piso de arriba buscando una ventana que diera a la calle, en el dormitorio del fondo vi recortada la silueta de Dara gracias a una extraña luminosidad verdeazulada que entraba por la ventana; estaba asomada, casi medio cuerpo fuera.

— ¡Aparta! Déjame a mí.

Ella también está armada, ¡Uhnn! Una Beretta Urica, último modelo. Una escopeta repetidora de caza bien sujeta entre las manos. ¡A la caza!

— ¿Quién anda ahí? Mierda.

Se veía con gran claridad toda la calle y el pueblo pero ni un alma cercana. Mi mirada se desplazó al cielo nocturno atraída por una luminosidad extraña.

— ¡Bueno, esto es increíble! ¡¡Una aurora!! —Una aurora boreal sobre la ciudad de los dos ríos.

—Ya, a mí también me asombra, nunca las había visto más que en la televisión y en fotos de teléfono.

—Lluvia de piedras volcánicas, auroras boreales, ¡qué

será lo próximo que veremos!

—Lo próximo será lo que nos despertó con sus alaridos intentando tirar la puerta abajo.

— ¿Comancheros? Ya llevo matados…

—No son comancheros. Los comancheros matan gente y se comen, supongo que se los comerán cuando se los llevan, a los subrays, como tú los llamas, pero esas "Cosas" matan y se comen a los comancheros. Ecología planetaria o algo así; apártate de la ventana, ya se había ido cuando yo asomé.

— ¿"Cosas" que se comen a los comancheros…?

—Los matan, los despedazan y se los comen crudos. Los sesos primero.

—Serán osos, mujer; cuando amanezca buscaré huellas en los alrededores.

—Busca cuanto quieras pero no son osos, lo sabrás cuando veas una huella. Llevo tres meses intentando cazar alguna.

— ¿Utilizas esta escopeta? Déjame ver un segundo.

Son muchos años en la policía, enseguida me di cuenta. Por pijama tan solo lleva puesta una camiseta de microfibras de un suave tono violeta que se le ajusta como un guante. Sin pantalones.

—Fuiste tú quien le disparó al hongo, y con este arma.

—Sí, fui yo. Seguía a una de esas "Cosas" y se me escabulló en el viejo cuartel de los ferroviarios, de la rabia que me dio le disparé al árbol. Ni me fijé que había un "hongo" de los que tanto amas. Tu amor no sube más arriba de las setas, y se pierde entre los cardos, no eres más que otro puto cerdo humano.

—No digas eso, eres demasiado bella para decir tales cosas, te degradan como persona, seas lo que seas o como te hayan hecho, y yo, yo soy un hombre de carne y hueso; no te confundas.

—Y yo soy una mujer ya madura.

— ¿Y no tienes sangre en las venas? Deja la escopeta contra la pared.

—Posa tú la tuya sobre la mesita de noche; tengo algo, un líquido, no sé si verás algo con esta luz verde, debo parecer una lagarta, más parece líquido anticongelante que otra cosa que hace que las heridas se cierren en instantes.

—Y tu piel no suda. Ni siquiera en plena pelea tu rostro mostró sudor alguno.

—Pues tú sudabas y olías como un caballo de carreras.

—Y eso que me lavé, y a conciencia, esta mañana. Fue una buena pelea, bueno, pues, ¡eres de sangre azul! Auténtica. Disfruté con tus mañas y pegas duro, una gozada.

— ¿Lo dices porque te corriste?

—Sí. Bueno, también por eso.

—Yo también me corrí, ¡sabes! Hacía tres años del último goce extremo. Tienes algo, mirlo, eres bastante mirlo, pero tienes algo entre duro y suave que me atrae.

Seca, es fría y seca, sus labios son fríos, su piel seca, sus pezones pedernal y la entrepierna, en cuanto le rodea con sus brazos y le acerca su sexo le prende fuego al cuerpo entero del pobre madero. Saldrá del hielo, pero lo suyo es puro fuego. No pasa un minuto antes de que estén de nuevo los dos rodando entrelazados, pero esta vez sobre la cama y quitándose la ropa mutuamente.

Hielo y fuego a la escasa luz de una aurora boreal brillando sobre este pequeño infierno, y gemidos, gemidos que tan solo puede emitir un animal bien conocido.

— ¿Has visto alguna vez una de esas "Cosas"? ¿Te importa que fume?

—Sí, varias veces; no me importa, está la ventana abierta.

— ¿Y cómo son?

—No sé, no puedo decirte, siempre las he visto de lejos, o con el rabillo del ojo, corriendo tras algún comanchero. Muy peludos.

—Entonces serán osos que han bajado de la montaña esta primavera y como no tendrán el alimento acostumbrado atacarán todo lo que pillen.

—Los osos pueden andar a dos patas pero corren a cuatro, que yo he estado en varias cacerías con unos clientes; esa escopeta la manejo con los ojos cerrados. Esas "Cosas" corren que se las pelan, ya me has visto correr a mí. ¡Sí! Tonto, vale, me pasaba las horas en el gimnasio o corriendo por el monte y abajo tengo una bici estática y una cinta de correr, y nunca he conseguido acercarme a ellas ni de lejos. Son como sombras, solo he alcanzado a ver los destrozos que dejan a su paso.

— ¿Y tus "amigas"?

—Acojonadas desde que aparecieron esas "Cosas" hará unos tres meses. Por eso te traje aquí. Quiero que encuentres y mates, sí, que las mates, como a los comancheros. Cuando me dijiste que eras policía se me ocurrió esa loca idea.

— ¿Y no se…te puede ocurrir…otra? Que todavía es de noche y se ha ido la aurora. Nadie nos verá.

— ¿Podrás?

—Ya estoy pudiendo.

— ¿Sabes? Me parece que cazan por el olor más que por la vista, no me di cuenta y dejé abierta la puerta que da a la cochera y debió captar tu olor corporal, tan de macho. Y de semen. Sí, eso va a ser, rastrean a sus presas olfateando.

—Entonces: ¡osos mutantes acechan la ciudad! Que bonitos senos tienes, ¿dónde conseguiste la colonia?

—Tengo suministros para veinte años. Antes casi me bañaba en ella.

— ¡Pero te olfatearan a un kilómetro!

—Por eso lo hago. Ya me han visto muchas veces y me evitan, me han seguido hasta casa, saben dónde vivo; ¡te olfatearon a ti!

—Pues ahora oleré a ti.

—Y más que vas a oler porque te voy a dar un repaso que ni en sueños; no te imaginas lo que se puede hacer con un poco de colonia aplicado en ciertos sitios. ¿Qué tiene este pajarito? Mirlo, que eres un mirlo. Vas a saber para qué sirve un frasco de perfume.

Mientras en el centro de la ciudad los supervivientes luchan con escobas y calderos por apagar los fuegos en los barrios, en los grandes bloques de edificios, en las urbanizaciones de lujo que aún se mantienen habitadas, una noche más los padres tratan además de salvar a sus hijos de las incursiones de los comancheros, pero, en los lindes y en los pueblos próximos, en el alfoz de la vieja ciudad, "Cosas" infames y enormes, de grandes garras, acechan los innobles restos de esta destrozada humanidad.

Sintetizando, con la claridad de la mañana estábamos los dos desayunando en la cocina, disputando que si esto que si lo otro, como si lleváramos años juntos cuando oímos unos toques rítmicos en la puerta de la calle.

—Espera aquí, me parece que sé quién es.

Segundos después apareció en la cocina acompañada por otras cinco mujeres. ¿Edad? Sobre los treinta las cinco. ¿Aspecto? No pueden vestir de manera más estrafalaria, una mezcla de ropa deportiva y detallitos monos, seguramente serían sus compañeras de gimnasio, Dara debe de ser la de mayor edad, sería la jefa del puterío; porque habrán pasado tres años de infierno pero no se les ha quitado la pinta de putas en nada. O será que soy policía y tengo un sexto sentido para detectar guarras.

—Estas son mis amigas, de las que te hablé esta noche.

—Encantado de conoceros, guapas.

—La encantada parece ser Dara, que le llega la sonrisa de oreja a oreja, ¿qué le has hecho?

—No os penséis, queridas, que sabe hacer gran cosa, pero yo, ¡yo me he tirado al hijo del panadero! Estaba enamorada de ti, imbécil, de niña, y tú ni siquiera me recuerdas.

—Pero es que te llevaré diez años de edad…

—No tantos, no tantos. Mis amigas quieren contarte algo. Empieza tú, Daisy.

La tal Daisy, tal vez venezolana, tiene unos pechos como dos melones de la ribera del Órbigo y unas curvas que marean, rezuma salud y frescura pero una mirada de "me importa el mundo una mierda" me hace ponerme en alerta máxima.

—Ya nos ha contado Dara que eres un antiguo policía, ¡ah! que lo sigues siendo en ese muradal de ciudad en el que vives, ya veo tu chapa en el cinturón, vale, escucha: tú sabes lo nosotras éramos, hablando con franqueza, te queremos contratar, contratar tus servicios; sigue tú, Montse.

La sujeta llamada Montse parece ser la única de origen español, es la que mejor viste, el cabello bien cuidado, y se le nota el buen gusto en todo; debía ser puta de alto standing, fina como un coral y con unos ojos que te hacen la radiografía en instantes. Es la fea del equipo, (¡Ya quisiera que mi esposa hubiera sido la mitad de guapa que ella! ¿Será lesbiana? ¡Uff! Me arden las orejas y me pitan los oídos solo de pensarlo)

—Tenemos dos encargos para ti; el primero es que encuentres la manera de matar, ¡como sea!, a esos monstruos implacables. Anoche tuvisteis visita y Dara te habrá comentado lo que sabemos. Segundo: que descubras que fue lo que nos ocurrió a las seis y nos ha vuelto seres extraños.

—Putas frías.

—No, eso era antes de que cayera la bomba, ¡diablas! Entre nosotras nos llamamos así y me parece que no tienes idea de lo que somos capaces de hacer.

—Tengo alguna, a Dara ya le he pegado dos tiros.

—Y también dos polvos mayúsculos, según cuenta.

—Gracias, guapísima. Lo siento, me pilláis con la cabeza en blanco, estaba pensando en pedalear hasta mi piso y ver si queda algo en pie o se ha quemado por completo. No sé cómo puedo ayudaros; lejos de la ciudad soy como pez fuera del agua.

—Te ayudaremos, te daremos pistas, indicios, por ejemplo, esa recortada no te sirve de nada.

—La usa para matar comancheros, en la ciudad le llaman El Matador.

—Deja a esas ratas, ya tienen algo que les está cazando a ellos. Te hablamos de caza mayor.

— ¿Por eso Dara usa ese trabuco?

—Siempre le gustó la caza, ir de montería y todo eso; tenía buenos clientes. ¿No tienes acceso a armas más rápidas y potentes? Eres policía.

—Armas, quedará alguna en la armería, pero no
munición. Cada día nos queda un poco menos.

—Necesitas armas de guerra, y de las gordas, perdona,
guapo, a ver si te afeitas, me presento: soy Lorena, cubana.

Cubana, no lo puede negar con ese acento, y para
Malecón su delantera. No tiene rasgos negroides a primera
vista, a no ser un culo imposible de falsificar, y clasificar, de
los que solo se producen en Las Antillas y el África tropical.
Y el mismo tono azulado de piel que sus compañeras.

—Tienes que usar ametralladoras o como las llaméis.
¡Ya sabes! Ratatata…

—No nos queda munición.

—Nosotras sabemos dónde hay cajas y cajas. Te las
traeremos aquí, a casa de Dara.

—Así que tendré que venir aquí dando pedales, vale,
no hay problema. Tengo un carrito que puedo enganchar a la
bici y cargar con lo que me podáis encontrar. ¿Y el siguiente
checkpoint?

— ¿El qué?

—Vuestros cuerpos, con esas…cualidades tan…
especiales, ¿qué puedo hacer? Os tendría que ver un médico,
conozco uno…

—Investiga, policía, debes investigar, ¿no te pagan por
ello?

— ¿Pagar? Buena broma. Acepto el caso.

El hongo yesquero que llevaba en el bolso de la
chaqueta me estaba diciendo algo, algo muy profundo y
preocupante. Me había llevado hasta Dara, la diabla, y ahora
hay cinco más; los afectados son seis mujeres hermosas y

cualidades extraordinarias, el caso que todo detective soñó
tener algún día entre manos.

—Sacaré el tiempo de donde sea pero necesito más
información.

—Nosotras sacaremos con qué compensarte y cubrir
tus necesidades de donde bien sabemos.

—¿?

—Mira que eres bobo, mirlo, déjamelo a mí, Lorena,
¿qué pasa? ¿tan nublado estás que no te imaginas lo que
pueden hacer media docena de putas?

—No me da la cabeza para tanto, ni lo demás. Os dejo,
pasarlo bien y cuidaros. El domingo por la mañana estaré
llamando a tu puerta en cuanto amanezca, conseguirme esa
munición y las armas que podáis y necesito saber dónde
teníais el nido, el piso franco, en la ciudad. Tengo que irme.

Mientras desmonta la recortada y la guarda en las
alforjas y recoge sus cosas Dara y Daisy le abren el portón de
la cochera y al salir con la bici en la mano Dara se le arrima y
le da un beso carantoña. Él no dice nada, se sube a la bici y
comienza a dar pedales sin mirar atrás.

Es seca.

Fría y seca.

Hermosa y bellísima como pocas mujeres habrá
habido en la historia, fragante. Deliciosa.

Adorable.

¡Y son seis! Seis diablas. A ver que le cuento al
comisario, no me creerá ni borracho. Cuando me consigan
esas armas y municiones que dicen tener cambiará de
opinión. Entretanto le diré que salgo a matar comancheros.

Serán osos. ¡Yetis aquí! Se van a descojonar mis

compañeros. El iridio, la extinción masiva de los dinosaurios. ¡Uff! Menos mal que es todo el camino cuesta abajo, Dara me ha dejado seco y sin fuerza en las piernas, que locura de mujer y cómo ondula su flexible cuerpazo; que noche me ha regalado.

¡Qué desastre!

Que ruina de ciudad y de humanidad.

Ya no quedan ni ratas en Armunia.

Pero hay diablas.

Fin

Y ADÁN CALLABA COMO UN PUTA

Martes, día trece del mes del patatal, reportando sobre los extraños sucesos acontecidos desde el día seis en nuestra noble e irredenta ciudad. Estando el detective Samur Pan, quien esto suscribe, patrullando a pie por la zona del Parque de San Francisco el día sexto, sobre las 20.00 horas, buscando la sombra en la que resultó ser la primera tarde calurosa de esta ola de calor sahariano fue interceptado, casi atropellado, por una ciclista encapuchada a la que inmediatamente di el alto. Me llamó inmediatamente la atención la bicicleta, customizada, y de un tipo ya muy raro de ver en estos tiempos.

Pero mi sorpresa fue mayor al ver quien la conducía. (¿Ese rostro?)

— ¡Tarzana! Quieta ahí y bájate de la bici inmediatamente. ¿Qué pasa? ¿Vas ciega, maja?

Va vestida la individua con un pantalón militar femenino, zapatillas rosas, una sudadera ligera, que le queda pequeña, con capucha y gorra de larga visera y ¿nada más? Se desliza con suavidad de la bici y se dirige hacia mí con una tranquilidad pasmosa.

— ¡Ah! ¿Eres tú? Perdona, no te reconocí con la barba recortada, ¿es por Dara?

— ¡Eh! No, no es por esa… ¡claro! Tú eres una de sus amigas. Hace más de dos meses que no la veo, no he vuelto por su casa desde que recogí las armas y las municiones; no se mostró, digamos, muy amistosa aquel día, ¿tú eres la sudamericana, no?

— ¡Claaaro, man! Soy Daisy, ¿no me recuerdas?

Hay que estar idiota para no recordar mujer tan voluptuosa, pero voluptuosa a rabiar, y tiene ese modo de hablar tan ¡deliciossso! A ver qué la trae por la ciudad. Dara me aseguró que nunca se acercaban por el centro y además coincide con un día que cae fuego del cielo.

—Me gustas con ese sombrero, man, hace juego con mis pantalones.

Ahí iba a terminar mi cabeza, pero en aquel momento no lo sabía.

— ¿Qué hace por aquí la diabla Daisy? Y con esta galbana.

—Buscarte, man. Te necesitamos. Y no sabemos dónde vives.

—Cerca de la catedral, ¿qué ocurre? Deja apoyada aquí la bici y sentémonos en este banco a la sombra. Yo estoy agobiado con este calorazo repentino, ¿y tú?

— ¡Soy colombiana! ¿A esto le llamas tú calor?

— ¡Anda! Pues yo te creía venezolana.

—Nací y me crié en el departamento de Guajira, muy cerca de la frontera con Venezuela, pero soy de Colombia como el mejor de los tintos.

— ¿Tenéis vino en Colombia? ¿De qué tipo de uvas?

—Noooo, man, ¡café! El mejor café del mundo.

—Te lo admito. Pues tú dirás, oye, perdona, ¡qué bien

nos vendría un café bien cargado!

—Con helado de trufa, ¡deliciossso! Te cuento, man, he encontrado a uno de los alzacuellos.

— ¿A un cura? ¿Para qué queréis…?

— ¡Cura, no! Un chuloputas, de los grandes. Era la banda que nos chuleaba, bueno, a nosotras y a la mitad de las putas de esta ciudad.

— ¿Los alzacuellos? Nunca oí hablar de ellos.

—Porque tan solo eras un azulete y esta gente se movía a los más altos niveles: políticos, empresarios, ¡gente de mucha pasta! Estábamos siempre a la greña con ellos pues si bien alguna vez nos conseguían clientes, extranjeros de visita, asistentes a congresos o reuniones políticas, después siempre trataban de controlarnos y sacarnos la plata. A mí me dieron una vez una paliza que casi me matan.

—Y quedaste bajo su "protección"

—No, gracias a Dara, que tenía muy buenas amistades. Y las tiene. Pero a veces nos contrataban a todas para fiestas muy "especiales".

— ¿A cuántas contrataban?

—A las seis. Ya nos conoces.

—Sí, bueno, os vi una vez, continúa.

— ¡Claaaaro! En casa de Dara, ¿recuerdas? Ya sabes que no paramos de darle vueltas y más vueltas a qué pudo ser lo que nos cambió en diablas. Y el caso es que la noche anterior a que tiraran la bomba las seis estuvimos en una fiesta muy, muy "privada", ¿entiendes? Gente extranjera y muy importante, ¿lo captas, man?

— ¿Y?

—A las seis nos drogaron. Amanecimos cada una en

107

un sitio y con un cliente desconocido al lado.

— ¿Y nunca os había pasado eso?

—Jamás de los jamases, Dara es muy estricta y Montse es una…exquisita, ¡de esas que parece que levitan en vez de caminar! ¿Entiendes? Cada una sabía lo que se metía y cuando y con quien. Quiero que vayas a su casa y le interrogues, ¡el sabrá con qué nos drogaron!

— ¿Dónde vive?

—En este papel tienes la dirección completa.

— ¡Umm! Me queda un poco lejos para ir andando a estas horas. Iré a verle mañana por la mañana, conozco bien esa urbanización.

— ¿Dónde dejaste tu bicicleta? Nunca te separas de ella.

—En comisaría. Solo salí a estirar las piernas y librarme de este agobio caluroso paseando bajo los árboles.

— ¿Sigue estando en el mismo sitio de siempre?

—Pues claro, habrás estado unas cuantas veces.

—De joven, de novata, recién llegada de mi patria.

— ¿Por qué viniste a España? ¿Ya eras puta?

—No, man, yo era practicante.

—¿? ¿Practi…? ¿Qué hacías, esquí?

—Acuático, en Barranquilla, gilipollas. Ayudante Técnico Sanitario sería en tu país, tengo el título oficial. Ponía inyecciones, asistía a partos, curaba enfermedades venéreas, bueno, un poco de todo.

Su charla era encantadora pero sobretodo, sobresaliendo esplendoroso sobre el olor a basura, orín humano y cagadas de rata estaba el perfume que emanaba de su prodigiosa humanidad, un olor, no sé, una mezcla extraña de sexo femenino y perfume de L´Occitane en Provence (¡era el que usaba mi esposa! Que en paz descanse) que me llegaba en oleadas continuadas según el aire giraba en mi dirección porque, sería o hubo sido puta, pero yo sentado en una esquina y ella en la otra del banco. Guardar las distancias.

—No has contestado a mi pregunta.

—Fue por una agencia de contactos por internet, puse unas fotos y mi currículo.

—Y, claro, con ese tipazo te llamaron enseguida.

—Soy muy nalgona, man, nunca me he creído Miss Universo. Parecía una oferta muy seria, hice la maleta y tomé un avión.

— ¿Qué ocurrió?

—En el aeropuerto me esperaban, me trajeron a tu ciudad, me estuvieron hinchando a hostias en un cubil oculto tres días seguidos y al cuarto estaba paseando por el Mercado de Ganados.

—Comprendo.

— ¿Comprendes? Dara me ha dicho que tú eras uno de los que hacía la ronda nocturna por la orilla del río.

—Pues no te recuerdo.

—Tendrás amnesia, será por la bomba.

—No recuerdo a ninguna de las seis. No estaría haciendo ese servicio cuando vosotras pateabais la orilla del río.

— ¿A ninguna de nosotras? ¿Puedo hacerte una pregunta?

—Tú dirás.

— ¿Por qué te llaman Samur? No es tu nombre, Dara te recuerda, ya sabes, de críos.

—Es un mote, un apodo simpático; los que me conocen de antes en esta ciudad me llaman así. Verás, antes del Desastre, de aquel vandalismo que sobrevino y de que aparecieran después los comancheros…

—Tú eres El Matador, me acuerdo de eso.

—Sí, vale, pero antes, cuando aún vivía mi esposa, me empezaron a llamar Samur porque… bueno, entonces, yo, yo había salvado más vidas que el Servicio Sanitario de Emergencias. De todo, suicidas fallidos, borrachos a punto de ahogarse en sus propios vómitos, mujeres dando a luz en cualquier sitio, ancianos abandonados, de todo. Tengo una buena colección de insignias y medallas. Parecía que tenía un imán; persona a punto de palmarla y allí estaba yo para salvarla, nunca he conseguido explicármelo. Pero cayó la bomba y…

Me estaba abstrayendo, no sé, la mirada ida, observando sin mirar, el corazón parado, intentando recordar a mi esposa gracias al perfume de Daisy, aquellos felices tiempos, ¡y entonces me soltó la patada!

— ¿Y de dónde sacabas el tiempo para las putas?

—De los güevos, no te jode. Perdona, disculpa. Recuerdo cómo lo hacía perfectamente, lo hacíamos unos cuantos. Yo aprendí de los veteranos; el mundo era así entonces, no me putees. ¡¡Quieta!!

— ¿Qué? ¿Qué he hecho?

Con el rabillo del ojo derecho me pareció ver, ¡estoy seguro que lo vi! Una sombra grande, unos dos metros como mínimo de alto, de algo grande, poderoso, peludo, moviéndose con rapidez entre los árboles del parque. Me puse en tensión, desenfundé el revólver y comencé a trotar en aquella dirección, llegué hasta el Centro de Idiomas, la antigua Escuela de Comercio, y salí hasta la calle de La Corredera. Nada, como que hubiera visto un fantasma. Volví hacia Daisy buscando huellas en la hierba y la basura, nada; la mujer ya estaba subida a su estrambótica bicicleta y dispuesta a marcharse.

— ¿Qué viste, Samur?

—No lo sé, nada. ¿Ya te vas? Ten precaución, por favor, en tu camino a casa.

—Siempre la he tenido, ¿por qué dices eso?

—Por tu bici, igual te caes y te matas; deberías usar casco.

— ¿Casco? Eres muy malo, azulete, ¿me vas a multar?

—Debería, aunque no sé cómo la cobraría. Si de verdad te gusta dar pedales búscate un modelo más ligero y manejable. Yo te puedo conseguir una.

— ¡Dale! ¡Claaaro! Una de carreras; déjalo guapo, ni te molestes me encanta esta máquina y es más ligera de lo que parece.

—Bueno, pero ten cuidado. Eres un sueño de mujer.

— ¿Sueñas conmigo, Samy? Mira que soy muy grilla; no tengas sueños, ya nadie sueña. Yo tuve uno durante mucho, mucho tiempo.

— ¡Ah!, sí, ¿cuál?

—Tener mi propio carro.

—Y dos caballos por lo menos.

—Nooo, de ciento doce caballos, un Mini Cooper Cabrio, y cuando al fin conseguí uno, de segunda mano, ¡se acabó el petróleo! En la cochera lo tengo guardado. Me caes bien, man, te invito a comer mañana. Y así me cuentas lo que le saques a ese mafioso de mierda.

— ¿Me invitas a comer? Aunque sea de lata iré donde haga falta.

—No comerás de lata, bobo, pero tendrás que dar muchos pedales. ¿Conoces el restaurante San Isidro en Quintana de Raneros?

—Pues no, no lo recuerdo; no me dirás que está abierto.

—Para ti lo estará mañana, procura estar justo al mediodía o comerás la paella con el arroz ya pasado.

—Al mediodía en Quintana, vale, allí estaré. Oye, aquello no estará muy radiactivo para mí.

—No más que este lugar y estos árboles.

Y se marchó del parque ligera como una gacela. (Sí, ahora que me fijo, va a ser un poco, ¿Cómo dijo? Nalgona; si con esos pantalones se le marca así el trasero…) Yo me dirigí directamente a mi domicilio para cenar algo pues esa noche me tocaba turno en la biblioteca pública y no es plan que además del calor y el sueño pase uno también hambre.

(Me ha invitado a comer paella, qué diabla de mujer. Y me pasé la noche mirando libros de cocina en el vestíbulo de la biblioteca)

En cuanto me llegó el relevo al amanecer me vine a comisaría para asearme un poco y comunicar al comisario dónde iba investigar.

— ¿Dónde vas tan de mañana, Samur?

—A un chalet al final de la Avenida de los Peregrinos, de paso echaré una ojeada a toda esa zona, lleva un mes muy tranquila pero nunca se sabe.

—Vive ya poca gente por allí. No habrá más de seis o siete chalets habitados. ¿Alguna movida?

—Tan solo voy a interrogar a una persona, una charla amistosa, no le conozco de nada.

—Muy bien, pero cuando vuelvas me cuentas.

Es un bonito paseo a la orilla del río hasta llegar a la urbanización Santa Engracia, todos los chalets vallados y la puerta de la urbanización cerrada, pero para eso soy policía y llevo un buen conjunto de llaves maestras. Busco el número que me han dado y llamo a la puerta. Sí, parece estar habitado, cortinas abiertas, una ventana abierta, pero aquí no contesta ni dios. Menos mal que aprendí con el mejor cerrajero de la ciudad porque la cerradura de esta puerta acorazada es un dolor de cabeza.

Entré ya un poco mosca, con el revólver en la mano, y como si fuera pisando huevos. No hay polvo en los muebles, la casa está habitada, restos de cena en la cocina, salón lujoso, mirar en los dormitorios, piso de arriba. Y me encontré el fiambre, lo mataron en la cama, (¿Quién ha hecho esto? ¿Un admirador de Jack el Destripador? Qué barbaridad) Abajo, en la cocina, solo había restos de haber cenado una persona, el finado, supongo. Avisar a la central. Abrí la ventana para que entrara más luz y llamé con el walkie a la central para que pasaran el aviso al comisario. Mientras llegaran y no haría mis pesquisas. Su cartera con la documentación, profesión: notario, ¡toma ya! Cincuenta años recién cumplidos. No me suena de nada. El armario. Ropa de marca y trajes de sastre hechos a medida. ¿Y esto? ¿Este atuendo medieval?

Miembro de la Muy Ilustre Real e Imperial Cofradía del Milagroso Pendón de San Isidoro. Casi nada. Eran la élite de la élite de esta ciudad; con razón me decía Dara que yo a esta gente ni la había olido en mi vida. Exclusivistas hasta decir basta. (¿En esta caja que guardará? ¡Dios! ¿Esto será una broma, no? En paquetes de a diez, en fundas de plástico, como recién salidos de la Fábrica de Moneda y Timbre, billetes de quinientos euros, ¡bañados en oro! ¿Cuánto dinero manejaba este cabrón? Ahora no te van a servir para nada y a mí me harán el avío; que paso mucho hambre. ¡Joder, ya están aquí! Por la ventana escuché el ruido de los cascos de los caballos, ¿a quienes les tocaba esta mañana patrullar por San Marcos? Tengo que bajar a abrirles la puerta de la urbanización. Y de paso dejo estos billetitos guardados en las alforjas de la bici.)

Mientras llegué y abrí el portón de la urbanización, un par de vecinos asomaban la jeta por la ventana, para que la pareja de caballistas entrara ya vi llegar a lo lejos al comisario montado en el carro de servicio en compañía del forense así que le esperé en la calle.

— ¿Qué tenemos, Samur?

—Por las trazas, un asesinato, pero será mejor que entren ustedes y hagan sus averiguaciones. Es el chalet número 8, pasen.

Apenas se habían bajado del carro y entrado en la casa llegaron al galope mis dos compañeros detectives, Peñín el Guaje y Roberto el Plumas, en sus brillantes y sudorosos alazanes, (La pareja más idiota del planeta, pues no usan casco y todo para montar a caballo; majaderos)

— ¿Qué pasa, biciclista? ¿Qué has encontrado? ¿Los comancheros?

—Deja paso a los profesionales y cuídanos los caballos, azulete. Lo tuyo es dar pedales.

Sí, lo mío es dar pedales, no me gustan los caballos, a no ser hechos filetes, pero hay que reconocer que si aún quedan rastros de orden y civilización en esta zona es gracias a estos nobles animales. Yo les tengo mucho respeto, por la más mínima te pegan un mordisco, o te pisan, o te dan una coz que te revientan. Todavía recuerdo cuando bajaron los de Babia y Luna a vendernos una manada de percherones, estábamos usando unos caballitos machacados de un picadero, y se nos abrió el cielo. Imponen respeto con su presencia. Pero yo soy incapaz de montar uno. Hice mis pesquisas aquí y allá, pensando en Daisy, y en cuanto pasaron las once le dije al comisario que me marchaba casa.

—Sí, vale, has pasado la noche de guardia y ahora esto. Ya me harás el informe esta tarde. Vete a descansar un poco.

Pero los machacones de mis compañeros todavía me liaron un buen rato registrando aquí y allá, (¡Mierda! No voy a llegar a tiempo a la paella) Pero me sirvió para hacerme una idea más cabal de cómo sería el finado. Todo lo que había, especialmente en el salón, eran cosas propias de anticuarios y coleccionistas de mucha, mucha pasta. (Un reloj suizo Breitling, de edición limitada, terminó por casualidad en mi muñeca; a este chino que llevo le durará ya poco la batería. Es bueno tener repuestos en estos tiempos)

—Me las piro, agur, ¡profesionales!

Y salí de la urbanización a plato grande y piñón pequeño. (Ni de coña llegas a Quintana para las doce. Hay que cambiar de máquina) Me fui directo a casa, lavarme el culo y los sobacos en el fregadero, cambiarme de ropa, y coger la batería. Con la bici eléctrica sí que llegaré a la hora.

Y una porra, pero solo me pasé unos diez minutos, más que nada porque no sabía exactamente dónde estaba el restaurante y di alguna vuelta que otra por el pueblo. Allí estaba Daisy, sentada tan ricamente en una mesa a la puerta del restaurante, en la terraza y tomándose algo mientras me esperaba, me indicó la silla vacía.

— ¿Y esa bici?

—Es eléctrica, a pedales no llegaba a tiempo. Lo siento, he tenido una mañana muy liada.

— ¿Un vaso de vino? Dara me dijo que te gusta, está fresquito; tengo más botellas metidas en agua allá dentro.

—Una frasca de clarete fresquete, tú sí que sabes cuidar a los hombres. Se agradece inmensamente, tengo la lengua de trapo. ¿Cómo está esa paella?

— ¿No tienes nada que contarme?

—Que a tu amigo se lo cargaron esta noche, dejé a media comisaría registrando su casa. Poco te puedo contar.

— ¿Muerto?

—Muertito. Le abrieron en canal y lo despiezaron como a un cordero. Una mente desequilibrada pero con conocimientos de cirujano; por los cortes, ya sabes.

—No me indiques más que vamos a comer. ¿Un cirujano dices?

—Podría ser. ¿Sabes que el tipo era notario? ¿Habías estado alguna vez en su casa?

—No sabía dónde vivía ni que fuera notario, llevamos tres años buscándoles, fue de casualidad, ya me viste, se me ocurrió ayer coger la bici y dar un paseo por las dos orillas del río Bernesga, corría un poco de aire y se disfruta del pedaleo, y al pasar por esa urbanización le vi entrar, dejó la puerta abierta para que saliera otro vecino y me fijé en que casa entraba. Después me puse a dar vueltas por la ciudad hasta que di contigo, ya me iba a casa, no te reconocí con el sombrero militar y la barba recortada, si no es porque te rocé y me diste el alto, al mejor estilo azulete, hubiera pasado de largo.

— ¿Qué me rozaste? Casi me arrancas un brazo.

—Será quejica el tío. ¿Y tú eres El Matador? Anda, vamos, que se nos pasa el arroz. Yo entraré el vino, tú guarda la mesa y las sillas. Nadie tiene porqué saber que estamos aquí.

— ¡Pero si estabas sentada en la puta calle!

—No vive un alma en este pueblo, pero siempre puede pasar alguien. Vamos dentro. Tiene un patio estupendo y podemos comer a la sombra.

En efecto, un patio muy coqueto, con sus macetas y arbolitos, no hará mucho tiempo que aún vivían aquí. Dejo mi bici junto a la suya, tiene la gorra colgando del manillar, yo he cambiado de máquina y ella de modelito. Unos pantalones vaqueros desgarrados, un top de lunares (Talla 10 americana, copa C, me da la impresión) y una chaquetilla deportiva con capucha; no sea que me enseñe demasiado. No pasa hambre esta puñetera, y la paella tiene un aspecto estupendo, ¡Umm! Huele a hecho con amor. (Pero tiene la barriga plana como una tabla de planchar, ¿cómo lo hace? ¡Ah! que son fanáticas del Gym y esas cosas)

— ¿Estás o estabas casada, Daisy? Perdona, vaya preguntas se me ocurren.

—Tenía novio, bombero. Murió en un asalto, según me dijeron, intentando defender la clínica San Francisco.

— ¡Uff! Eso fue en los primeros días, ya hace más de tres años. Lo siento.

—Tres años, tres meses y tres días cumple hoy exactamente. Estaba muy enamorada de él, ¿sabes, man? ¿Qué tal está el conejo?

—Muy rico, ¿cómo lo conseguiste?

—Dale las gracias a Dara cuando la vuelvas a ver; sigue por ahí, ya sabes, corriendo como una cabra y cazando cosas.

—Sí, ya, algún día tendré que ir a verla, a ver si la pillo en casa. Pero es que no tenía nada que contaros u ofreceros, de veras; ahora, con este, alzacuellos como lo llamas, a ver qué averiguamos. Y de las "Cosas" esas pues fue ayer, tú estabas presente, cuando vimos uno en el parque.

—Yo no lo vi, no vi nada más que a ti salir corriendo como un loco con el revólver en la mano. ¿No te lo imaginarías? Por lo que nosotras sabemos rondan por los pueblos de los alrededores y solo matan comancheros; ya sabes, los que están...

—Pues a ver si los matan a todos, que son peor que la peste. Les estaría hasta agradecido. ¿Otro poco de vino?

Y nos bebimos las tres botellas que había puesto a enfriar en un caldero con agua del pozo artesiano. Siesta tirados en la hierba. Dios, así era la vida, ¿por qué tuvo que joderse de esta manera? (L´Occitane en Provence, era su perfume preferido, ¿sueño? ¿sueño con ella? Clara, no entiendo lo que me quieres decir, ¡Clara!)

El perfume se va y tras él me arranca del sueño más, más que contento, me giro y braceo buscando: ¿no estaba con miss Colombia esplendorosa? ¿dónde? ¡Umm! Limpiado la paella y los platos, recogiendo los cubiertos, esta es una mujer de bandera.

— ¡Daisy! Deja eso mujer y ven aquí que se está muy bien a la sombrita y tengo algo bueno para ti.

—Pues te lo guardas para cuando me haga falta y te lo pida. Levanta ya mismo y sígueme; si te he traído a este sitio es por algo.

Y salió como un cohete hacia el interior de la casa; nada, pues habrá que seguirla. En la planta baja no estaba y oí su voz que me reclamaba desde el piso superior. Venga a subir escaleras, me paso la vida subiendo escaleras; felices aquellos tiempos cuando funcionaban los ascensores. La busco de habitación en habitación hasta que la encuentro asomada a la ventana de un dormitorio.

—Eso está mejor, un buen dormitorio, buen colchón, dónde va a parar eso de revolcarse en la hierba.

— ¡Daaale! Viejo, ven y asoma, ¿por qué crees que te hice venir hasta aquí? Ven y mira, payaso, mira esa maravilla.

— ¿Que puede ser mejor que tu culo hermoso? ¿? ¡La Luna! La, la, ¡la cámara de fotos! (Abajo, en la alforja izquierda) ¡que tenga batería! ¡que tenga batería! ¡¡Que tenga batería!!

Y le quedaba batería, suelo llevar una pequeña cámara compacta en la bici para datar y detallar mis casos y cosas, especialmente las cacerías de comancheros, y procuro llevar siempre la batería cargada y la memoria suficiente. Volví a subir a la carrera y salí a la terraza exterior de la casa desde donde se distingue perfectamente, pena de tener un dron a mano, o una avioneta; pero se distingue el diseño con claridad.

Qué, quien, cómo, cuándo.

Haciendo fotos y vídeos se me fue el santo al cielo, no sé, media hora, y tan solo cuando volví a percibir el perfume femenino me giré hacia la casa: Daisy estaba sentada justo detrás de mí: Del susto casi me caigo por la barandilla para abajo.

— ¡Joder, tía, qué susto! Tienes más peligro que una compañía de gurkhas nepalíes. (Y encima se ha dejado olvidada la chaquetilla, como sea encima de la cama hoy El Matador no se va sin clavarla)

— ¿Ya sabes lo que es, Samy?

—Puff, ni idea, ¿puedo sentarme a tu lado? Parece, ¿Cómo los llamaban en Inglaterra? Los circles…

—Círculos de las cosechas; te traduzco. ¿Comprendes lo que dice?

—Ni idea, chica, pero tengo un amigo matemático, Pablo, es muy majo, que tal vez sepa de qué va esto. Es también algo artista, hace dibujos y cuadros, cosas raras. Está un poco pirado pero si hay alguien en la ciudad que pueda entender algo será él, se lo enseñaré a no más tardar. ¿Sabes quién pudo hacer eso?

—Ni idea, fue Lorena quien nos avisó a todas.

—Lorena es la rubia natural.

—No, ¡la cubana! Aunque se cambia tanto de tinte que

a saber qué color tendrá hoy mismo. Nos avisó hace tres días, pasaba por aquí, por la carretera, y le llamó la atención ese dibujo en el trigal.

— ¿También tiene una bici custom?

—Eso se lo preguntas a ella cuando la veas. Igual tiene una burra.

— ¡Ehhh! ¿No sois amigas? ¿Qué forma de hablar es esa?

—Sí lo somos, pero es una bruja. Nunca te fíes de ella

— ¿Y me tengo que fiar de ti?

—Pues no te fíes de ninguna.

— ¿Sabes que eres sospechosa de un asesinato? Te debería llevar conmigo a comisaría.

—Prueba a intentarlo y verás qué patada en los güevos te llevas. Yo solo voy a donde quiero ir. Y me largo. Ya me estás aburriendo.

Y con la misma tranquilidad y secreta magia que emplea Dara atravesó la pared y la perdí de vista. Bueno, ya está cayendo el sol, habrá que volver a la ciudad; esta mañana un crimen y esta tarde esto que tengo delante. El comisario se va a poner las botas conmigo.

Cuando bajé a tomar mi bici Daisy ya salía con la suya por la puerta del bar, gorra y capucha, ni una mirada ni un adiós. Apestado. De vuelta a la ciudad, como que pasaba por aquí, paré donde Dara y le grité por la ventana del salón. A ver si hay suerte y está en casa y me quiere recibir la princesa diabla. Apareció al cabo de un minuto, lleva puesta una bata blanca y largos guantes de goma, mascarilla y gafas de seguridad; por supuesto me recibió con un escueto:

— ¿Qué quieres?

—Nada, nada, (Joder con la Reina del Hielo, me ha echado una mirada que parece que me acabara de dar otra patada en el pecho) He estado comiendo con Daisy, en Quintana de Raneros, y solo quería decirte que ya encontramos a uno de la banda de los alzacuellos.

— ¿Y? ¿Lo has interrogado?

—No, a estas horas estará ya enterrado. Lo encontré muerto, asesinado seguramente, esta mañana. No sé mucho más ahora mismo.

—Pues cuando lo sepas vuelves por aquí. Espera, quieto ahí un momento.

Se retiró al interior de la casa, seguramente estará haciendo algo en el patio, el salón está tal y como lo recuerdo pero ha cambiado el fósil de sitio. En segundos apareció con una bolsita en cada mano.

—Toma, Samur, por el esfuerzo realizado.

— ¿Qué es? Gracias, ¿este olor?

—Es sosa, sosa caustica; estoy haciendo un poco en el patio. Adiós y que pases buena tarde.

Y se fue de nuevo para adentro.

Qué mujer, incluso con esa bata de boticario se le nota un tipazo tremendo. Si me pilla con diez años menos me tiene todas las noches rondándola con la Tuna de Veterinaria, o la de Biológicas, o… (¿Y Daisy? Calla, torpedo, ¿no conoces a las mujeres? Nada les pica tanto que tener una amiga rival) Sosa caustica, me la comería a besos, empezando por el trasero, mi wáter, bueno, y el de toda la comunidad está pidiendo a gritos algo de sosa desde hace años. ¿Cuándo volveremos a tener agua corriente en las casas? Calla un poco, ahora que lo pienso, la sosa se puede utilizar para muchas cosas. ¡Qué regalo!

Al llegar a casa utilicé una de las bolsitas y unos

cuantos calderos de agua en el sumidero general, (¡Uff!
Debería haber usado una mascarilla porque vaya peste sale de
ahí) Intenté localizar a Pablo antes de que anocheciera pero
no hubo manera, ahora hay que dar muchas patadas para
conseguir cenar algo caliente; suele bajar a los huertos de La
Candamia donde planta nabos y zanahorias y cosas de esas.
Ya le veré mañana.

Al día siguiente apenas entrar en comisaría ya me
estaba esperando el comisario echando mistos por el culo:

— ¡Samur! No guardes la bici, ven un momento a mi
despacho.

Movida al canto, eso seguro, y eso que aún no ha visto
las fotos que traigo en la cámara. Me enfrentó a un mapa de
la ciudad.

—Te vas a ir ahora mismo hasta el Parque
Tecnológico, en este rincón hay un edificio de usos múltiples,
buscarás las oficinas de Hewlett-Packard CDS España, están
en la primera planta, e investigas, especialmente en la sala de
reuniones. Venga, a dar pedales.

— ¿Tengo que buscar algo en especial?

—Tu amiguito, el notario, tenía reunión hoy, esta
mañana, según una nota que encontramos, en la sala de
reuniones de esa empresa; era de informática, computadores,
americana.

—Ya, ya, tuve una impresora de esa marca. Pero eso
está a tomar por el culo de lejos a pie, ¿hacer una reunión
allí? ¿con quién?

—Eso es lo que tienes que averiguar, ¿necesitas algo?

— ¿Solo ir y volver? Entonces me llevaré un HK G36
y unos cargadores en vez mi vieja recortada, ese edificio está
muy alejado de todo y puedo tener encuentros indeseados.

—Coge un fusil y tres cargadores, ¿cuándo nos dirás

cómo los conseguiste?

—Un día de éstos, jefe, un día de éstos.

Dejé las alforjas en mi taquilla y en la armería tomé el arma y un chaleco para los cargadores, ¡ah! llenar la cantimplora, hoy también hará calor, aunque… siempre podría acercarme hasta casa de Dara con la excusa de que me he quedado sin agua. Llena la cantimplora. ¡Ah! y descarga las fotos de la cámara al ordenador.

— ¡Espera, Samur! Llévate un equipo de protección, aquella zona estará muy caliente.

—No creo que…, si tenían reunión…

—Te lo llevas y te lo pones, es una orden. De las vías del tren para arriba sigue siendo Zona Prohibida hasta nuevo aviso. Y por lo que me ha asegurado don Pedro (es el forense de la cuidad; el último que nos queda) ese aviso tardará años, miles de años, en darse.

Vaya putada, primero a casa, a cambiarme de ropa. Espera, espera un momento, si Dara estuviera en casa podría cambiarme allí y dejar la bici a resguardo y acercarme andando. Si funcionaran los teléfonos, con una llamada saldría de dudas. ¿Qué llevar? Ropa de deporte vieja y el bañador para la vuelta; cuando regrese hará mucho calor. Meteré todo en la mochila, no se pedalea bien con los cargadores en el pecho.

No tuve que llamarla a voces como la tarde pasada, tenía el portón de la cochera abierto y estaba trajinando con alguna de sus cosas. Le expliqué el problema y no se opuso.

—Puedes cambiarte aquí y dejar tus cosas sin problema.

No me veía yo lo que se dice atractivo con pantalones cortos de turista, ¡Buff! Hará cinco años que no me los ponía y una vieja camiseta, el chaleco encima, el fusil y la bolsa con el equipo de emergencia desechable pero, bueno, también, dónde voy a ir no hará falta mucha etiqueta. Me asomé a la puerta del salón para despedirme y me topé de cara con Dara que salía a la carrera y me dio con la culata de la repetidora en la entrepierna.

— ¡Ay! ¡Lo siento! ¿Te he hecho daño?

—Solooo…un poooco. ¡Uhnn! ¿Dónde vas tan armada?

Armada y preparada, así debe salir a correr por el campo, no lleva la misma camiseta de cuando la conocí, ni la chaquetilla que le agujeré y el cabello recogido en una coleta. Una canana de cazador cruzada al pecho sobre un sujetador deportivo.

— ¿No pensarás?

— ¿No creerás que te vaya a dejar entrar allí solo? ¿Has estado alguna vez?

—Alguna vez hice la ronda por el Polígono o atendí alguna llamada.

—Ese edificio está totalmente apartado de los demás; por la calle La Era llegaremos en minutos.

Al llegar al puente del paso a nivel sobre las vías procedí a ponerme el traje blanco, la mascarilla, los guantes y las gafas, como manda el protocolo, dejé las zapatillas escondidas bajo un matojo, tan solo unos viejos calcetines, y me dispuse a entrar en la zona con el fusil en la mano siguiendo los pasos de Dara; es una pista de tierra y me gusta andar descalzo. Dara la Cazadora. El edificio está justo delante, todo envuelto en vidrio azul. El terreno está vallado pero un poco más adelante Dara me indica una gatera y pasamos a terreno del polígono; en cinco minutos estamos en la puerta del singular edificio. Tiene las puertas reventadas; se habrán llevado cualquier cosa de valor.

— ¿Dónde tenemos que buscar?

—Oficinas del 201 al 213. Sala de reuniones en especial. Hoy el alzacuellos tenía una reunión aquí.

— ¿Aquí? ¿En este edificio? ¿En la Zona Prohibida? Lo saben hasta los niños que no se puede cruzar las vías del tren.

— ¿Y tú? ¿No te afecta la radiación?

—No como a ti, si estoy mucho tiempo o cuando subí hasta el aeropuerto, lo hice en bici, bobo, empiezo a sentir un calor, sobre todo en la cabeza que me hace salir pitando. Me afecta pero no me mata; al menos por el momento no, no me ha matado. Busquemos esa sala de reuniones.

Salas y más salas vandalizadas, destruir por destruir, para qué quieres un aparato informático si no tienes electricidad; trabajo de comancheros sin duda. En la sala de reuniones, que no es gran cosa, no hay nada, nada excepto cuatro botellas pequeñas de agua que aún contienen algo de líquido tiradas en la papelera. Aquí hubo reunión hace pocos minutos. Dara me asiente con la mirada. Me llevo los tapones en el chaleco. Seguimos la visita y mi ojo avizor descubre una taquilla cerrada en una de las salas. Estas manitas y mi juego de llaves maestras abren cualquier puerta.

— ¡Coño, un portátil! Un portátil y de los buenos. Está como nuevo.

— ¿No irás a llevártelo?

—Aquí lo voy a dejar. —La cartera, de algún jefazo seguramente, contiene todos accesorios del ordenador y además un escáner portátil. Todo de la misma marca. El comisario va a comerme a besos.

—Pero, a ver, azulete, ¿para qué quieres este aparato si no tienes electricidad?

—En casa no pero sí en comisaría.

— ¿Qué tenéis luz en comisaría?

—Y en la biblioteca, en la clínica de La Regla, y unos cuantos sitios más. Y también en algunas comunidades de vecinos y casas del centro; no tienen para poner la lavadora pero sí para encender las bombillas y alguna cosa más.

— ¿Y de dónde sale esa electricidad?

—Los particulares de placas solares y la ciudad del río.

— ¿Del río? ¿Qué río?

—El Bernesga, ¿nunca te has fijado en una presa que hay al pasar por el Puente de los Leones? pues tiene una turbina y alimenta la ciudad; es poca cosa pero sirve para tener algo de electricidad de día y cargar las baterías de noche. Y así llevamos tres años funcionando.

—Así decía yo que algunas veces, de noche, veía luces en la ciudad. Pero pensaba que quemaríais algo.

—En los primeros meses especialmente así fue, se quemó cualquier cosa en las casas sobre todo, y en los inviernos, que han sido terribles, a la gente le da por quemar de todo con tal de tener algo de calor o para cocinar; hemos de tener una guardia permanente en la biblioteca pública o ya no quedarían libros en la ciudad.

—Ya, este invierno pasado fue pavoroso. Seguramente el frío y el hielo mató más gente que los comancheros.

—Lo más probable pero no tenemos cifras fiables. Es tremendo, somos como pingüinos de acuario, ya no recordábamos lo que era el frío en esta ciudad y cuando nos han venido estos inviernos crudelísimos la gente cae como pajaritos. ¿A ti no te afecta, verdad?

—No, puedo andar por la nieve descalza sin problemas. ¿Nos vamos?

Al llegar a la trinchera del ferrocarril procedí a tirar

todo lo que llevaba puesto excepto el chaleco y el arma.

—Samur, razona un poco, ese maletín también estará radiactivo.

—Pues lo meteremos en la fresquera hasta que se le pase. ¿No te importará caminar junto a un hombre desnudo?

—Ya te he visto el culo, carapijo, camina delante y rapidito, que tengo ganas de llegar a casa.

—Joder, con la sargento. Tú en los paracas hubieras triunfado.

Apenas llegar a su casa desapareció rauda como una gacela y mientras yo me ponía el bañador, guardaba el chaleco en la mochila y sujetaba el maletín en el portabultos de la bici a Dara ya le había dado tiempo a ponerse la bata blanca y los guantes de goma; en sus manos sujetaba un paquete sospechoso.

—Toma, Samur, para que sigas investigando, necesitas alimentarte.

— ¿Qué es? ¡Jamón!

—No, cecina de caballo; a mí no me complace, demasiado dulce.

(¡Joder! Cecina de caballo, huele, huele a gloria bendita. Bueno, yo, yo a esta mujer…) Pero antes de acertar a decirle gracias ya estaba atravesando la pared y desapareciendo de mi vista. Mensaje recibido.

Continuar la investigación.

Sujeto la carne, más de cinco kilos de cecina maravillosa, sobre el maletín en el portabultos y me las piro a pedal.

J´adore.

Se baña en J´adore la muy bruja, como la rubia del

anuncio aquel.

Mi idea es ir directo a casa pero tendría que dejar el computador en comisaría pero echarían mano a la cecina, ¿entonces? Paro un momento al llegar a la plaza de toros y discurro: A mitad de camino vive Pablo, dejo en su casa la cecina y me lo llevo a comisaría para que vea las fotos.

Vale, me cobrará la mitad de la pieza por el servicio pero no hay nadie como él en doscientos kilómetros a la redonda. ¿Y si…?

Media cecina o no hay trato. Y menos mal que no se queda también con el computador. Menudo águila está hecho el matemático. Cuando estamos en mi oficina revisando las fotos un olor a mentol me hace levantar la vista del monitor: el forense.

— ¿Qué tal, don Pedro? ¿Alguna conclusión fiable? ¿Se quitó el sombrero para llevar a cabo la autopsia?

—Una autopsia es una cosa muy seria y un forense nunca se quita el sombrero en estos casos. Lo mataron a medianoche y lo despiezaron con un cuchillo de caza.

— ¿De este tipo? Y le enseño el que suelo llevar sujeto a la pierna.

—Mucho más grande. De los que se usaban para despiezar ciervos y piezas mayores. Muy grande. Una muerte terrible. ¿Tienes alguna pista?

—Que tenía cuatro amigos; después pasaré a ver al comisario.

— ¿Qué estáis mirando ahí?

—Nada, unas fotos.

El forense se da el piro con su sombrero tirolés dejando la oficina oliendo a mentol, lo que siempre es de agradecer en estos tiempos.

– ¿Qué opinas, Pablo? No paras de escribir fórmulas con la tiza, me estás poniendo la mesa perdida.

—Es una tabla de cálculo, una chuleta, eso es.

– ¿Chuleta? ¿De cerdo o de ternera?

—De matemáticas, física y química, un poco de todo. Como las que hacía yo de estudiante para memorizar lo más importante ante un examen. Tiene desde relaciones trigonométricas hasta la fórmula de la desintegración del uranio. Todo compilado en forma de disco y en notación octal.

– ¿Octal? ¿Eso qué quiere decir?

—Que el que ha hecho esto no usa ni el sistema decimal ni el binario usa el octal; hace las cuentas de ocho en ocho, para que me entiendas.

—Lo que tú digas, yo solo hice la E.G.B. ¿tienes idea de quien pudo hacerlo y cómo?

—Tal vez, en otro tiempo, yo podría haberlo hecho con media docena de alumnos, en plan de broma. Pero ya no tengo alumnos. Ni idea, pero te estoy agradecido, ha sido una gozada ver esto, te invito a cenar.

—Mi cecina.

—Y los mejores productos hortícolas de la huerta del Torío.

—Pues eso está hecho, ¿una hora antes de anochecer?

—No, cuando anochezca, hace mucho calor. Sin prisas, tengo algo que quiero que veas, no es como estas fotos, tan espectacular, pero interesante.

—Pues hasta la noche, tengo que hacer todavía el informe para el jefe de la jornada de hoy.

Tararí que te vi, corneta; a ver qué me tiene preparado

el señor de las fórmulas esta noche.

— ¡Uff! Ancas de rana, ¡picantonas! Este olor alimenta.

—En agradecimiento por las setas de hace dos semanas, ¿sabes que he empezado a cultivar algunas en los trasteros?

— ¿Y dónde conseguiste la paja?

—En unos campos cerca de Villaobispo; me tuve que dar una buena tunda a segar y atropar, pero funcionará. Por cierto, da gusto verte vestido de humano.

— ¿Lo dices por mi pelucón Breitling, edición limitada?

—Y porque vas vestido de persona, no de comanchero. No sé cómo todavía no te han pegado un tiro tus compañeros o algún vecino.

—Vale, vale, no te metas conmigo; una cosa: ¿por qué nos alumbramos con velas? ¿te has vuelto a quedar sin batería?

—Ando como loco buscando electrolito por toda la ciudad y, bueno, aproveché estas damajuanas para hacer unas bonitas lámparas, se crea un ambiente más…

— ¿Sigues con la china?

—No la llames china, se llama Helena.

—Es la que te baja por agua al caño.

— ¿Y a ti quien te baja?

—El vecino, lo hacemos en días alternos, lo de llenar los calderos.

—Desde que perdiste a Clara vas en picado; nunca habías fumado y ahora pareces un ferroviario.

—No soporto como hiede esta ciudad, me supera, no puedo. Tus velas huelen bien, es agradable, ¿Cuál es el segundo plato? Por cierto, también se agradece que te hayas vestido para cenar, con este calorazo, ¡vuelve la civilización!

— ¿Por qué lo dices?

—Siempre vas con esa ropa de cazador que huele a jabalí; a ver cuándo la lavas.

—No se le va el olor ni a la helada.

—Ahora se le irá, toma.

Y le di un par de pastillas de jabón que había hecho esa misma tarde. Tratar con Dara es más productivo de lo imaginable.

— ¡Jabón, cabrón! ¿Cómo lo has conseguido?

— ¡Ah! Magia potagia.

— ¿Te gusta la magia? Te haré algo de magia ahora mismo, sí, para tus ojos. ¿Te acuerdas del muelle Slinky?

— ¡El muelle con el que jugábamos de críos!

—Observa bien porque así estás tú. Voy a dejarlo caer al suelo. No pierdas de vista el aro de abajo.

Y ante mi mirada estupefacta soltó el muelle extendido que comenzó a retraerse hasta unirse el aro superior con el inferior ¡y solo entonces el muelle cayó al suelo!

—Samy, tú eres como este muelle, desde que perdiste a Clara, que era la que te sujetaba, no has dejado de caer y en cualquier momento tu parte superior, anímica, se unirá con la inferior, biológica, y te desplomarás por completo, ¿lo entiendes? Vas en picado. De segundo tenemos lonchas de cecina con canónigos, los recogí esta mañana, ¡cómelos! Necesitas vitaminas, vitaminas de verdad, no pastillas del ejército.

—Gracias, Pablo; sí, me los comeré, y sí, yo también tengo la sensación de que en cualquier momento el mundo se me vendrá encima, pero voy aguantando. Bueno, aguanto yo y aguanta esta ciudad.

Unos tragos finales de aguardiente de mostajo me animaron, tal vez más de la cuenta, ya estaba por ponerme a cantar algo de rock, y no me esperaba el riff final.

— ¿A qué te referías con que tenías algo para mí? Algo interesante.

— ¡Eh! Sí, ven, acércate a la ventana. Te lo enseño a ti porque no solo eres policía si no también una buena persona, o al menos antes lo eras. Observa.

Primero utilizó un puntero láser para indicarme la dirección en la que debía mirar y después colocó un visor de visión nocturna sobre un bípode para que mirara.

—Sí, son esas ventanas. Mira con calma.

Hay cosas que incluso a un policía experimentado le revuelven el estómago y hasta me sacó la bilis de dentro y me subió un vómito y me tuve que retirar de la ventana tosiendo y dando arcadas.

—Toma, bebe este licor de hierbas, es muy fuerte y se te pasará la bilis.

— ¡Quita! Voy a ir y…

—Ahora no, quieto, otro día, cuando se te pase, hoy te liarías a tiros y los matarías a todos. Te vas a tomar otro par de vasos conmigo y después yo te, sí, yo te acompañaré a casa, y si hace falta te meteré en la cama. Siento mucho la putada que te he hecho pero debías saberlo. Te pasas las horas, tú solo, patrullando las afueras de la ciudad y me parece que no sabes qué clase de gente estás protegiendo. No quiero que te despedacen unos comancheros mientras esa gente podrida medra…

—Es el trabajo que me dan; el jefe dice: ¡sal hasta tal sitio! Y yo salgo pitando y dando pedales, apenas me encarga algo en el centro. Es así la cosa.

—Pues dales un toque a tus compañeros a ver si se van enterando.

—Lo haré; tienes que perdonarme amigo, me dejé llevar por un arrebato; ante todo soy un representante de la ley y el orden.

—Y así tienes que seguir siendo; vamos, te acompaño a tu casa.

A la mañana siguiente la resaca me hizo recordar, vagamente, lo que había visto con el visor nocturno así que de camino a comisaría tomé nota fiable del edificio y el piso observado. Tal vez Peñín no esté tan alelado como siempre y me coja el chivatazo e investigue esa infamia.

Ciudad cloaca y oscura.

—No se admiten delaciones en esta ciudad y reino. ¿Tienes pruebas de lo que dices?

(¡Pues no te jode el Guaje! Si toda su puta vida ha medrado a base de chivatazos)

— ¿Sabes quienes viven en ese edificio, manín? ¿No? Pues gente de categoría, de los que mandan, ¿te enteras, azulete? De los que mandan aquí. Pira con la bici y que no te vuelva a oír, ¡largo!

(Si no le cojo la cabeza y se la estrello contra la pared es por la puñetera resaca que atormenta la mía. Pero esta se la guardo, vaya que si se la guardo.)

—Vale, disculpa, Peñín, nos vemos.

—¡¡Samur!! Deja lo que estés haciendo; te vas pitando para Carbajal de La Legua. Al final del pueblo están trabajando en la traída de agua, te llegas hasta allí y darás protección a los obreros mientras arreglan la avería. Que pases buen día.

— ¿A Carbajal? Joder, que se protejan ellos.

—Los vas a proteger tú, porque lo mando yo, y porque se ha hecho un pacto con su junta vecinal y cuando arreglen la avería se pondrán a trabajar en un enlace con las Eras de Renueva. Por si no lo sabes en esta ciudad nos hace falta agua, agua corriente en los grifos, ¿lo pillas?

—Pillado.

Yendo hacia Carbajal, al pasar por el Monte de San Isidro, algo debí notar, una sensación extraña, un olor terrible, comenzó a picarme la nariz como si tuviera alergia al heno así que me llego hasta el final del pueblo, una pista forestal que sube en cuesta, estoy sudando como un caballo, estornudando y moqueando, y sigo hasta ver al grupo de obreros junto a una caseta. Están sentados en círculo y casi todos armados con escopetas de caza, los picos y palas tirados por el suelo. Me identifico.

—El Matador, claro, no podían mandar a otro.

— ¿Qué pasa? ¿Tengo que hacer yo de capataz de obras? ¿Qué estáis esperando?

—No, lo que tienes que hacer es de policía, tienes que ver esto.

El que parece ser el capataz me lleva hasta unos árboles cercanos y me indica para mire detrás. Nunca me acostumbraré al horror, y mi mandíbula va abandonar un día este cráneo y marchará sola mundo adelante. Está cansada de la apriete tanto. Y no puedo evitar las arcadas y devolver lo poco que llevo en el estómago.

Son los restos de un hombre. Trozos, partes, algo de ropa, la cabeza abierta (Lo te dijo Dara, primero se comen los sesos) Le pido al capataz que me consiga una pala y así aprovecho un minuto para investigar a solas. Van a tener razón las diablas, contra esto, lo que sea, de poco me servirá la recortada. Unos pasos más allá descubro un machete enorme y por lo que queda de las ropas no me quedan muchas dudas: comanchero. El capataz me ayuda con otra pala y en minutos tenemos enterrados los restos.

– ¿Qué pudo haber hecho esto? ¿Se comen entre sí y dejan los restos tirados por el monte? usted es el que más sabe de comancheros, según su jefe.

–Esos desgarros, esos bocados, son de zarpas y mandíbula enormes. Será un oso, y grande. Y este sería un merodeador, uno que venía de avanzada, el oso les libró de un ataque la noche pasada al zampárselo. Tendrán que estar vigilantes, los osos no aúllan cuando atacan como esas bandas de pirados. Son sigilosos.

Y el que se tuvo que pasar horas y horas vigilante y sigiloso fue quien esto escribe. Buscando la sombra aquí y allá, subiendo a este monte y al de más allá y hasta la orilla del río; de buena gana me tiraba a chapotear un rato. Apenas pararon un rato para almorzar algo, no me convidaron, y sobre las 18.00 daban por arreglada la avería; bajamos al pueblo para comprobarlo y una vecina tuvo la amabilidad de llenarme la cantimplora por dos veces pues estaba seco y la primera me la bebí de tres tragos.

De vuelta a la ciudad, voy muy despacio, prefiero desviarme y volver a pasar por la urbanización donde vivía el notario, el alzacuellos, por si noto algo raro, estoy hecho polvo, sin probar bocado desde el desayuno y ya me he bebido la cantimplora, todavía termino en el río intentando cazar truchas a mano. Aprovecho el viejo carril bici para ir bajando hacia San Marcos, al menos corre un poco de aire al lado del río; esto parece Marrakech. Al llegar a la pasarela de La Junta veo una mujer y unos críos jugando y bañándose en el río, reduzco la velocidad y termino frenado a tope al reconocer una bicicleta muy curiosa.

— ¿Daisy? ¿Eres tú, Daisy?

La mujer se gira hasta verme y me saluda con la mano, comienza a salir del agua y yo dejo la bici para ir a su encuentro.

—Qué alegría verte, te reconocí por la bici, ¿son familia tuya los niños? Chica, no sé, estás…

—Estaba mojándome los pies en el río aprovechando que tengo estas sandalias especiales para andar por el agua. Es el único calzado que me queda sano, los niños viven en las casas de enfrente.

—Lo decía porque, bueno, en fin, esos pantalones te quedan muy bien.

— ¡Ayyyy, pillo! Este Samy se fija en todo. Son leggins estilo vaquero, ¿cómo me ves?

—Maravillosa, pero, ¿dónde está ese culo portentoso? ¿cómo te lo has reducido? ¿Cirugía estética?

—Burlón, que todo lo quieres saber, pero para burlarte de las mujeres. Debajo llevo, (y se sube la camiseta hasta el ombligo) una faja moldeadora, está hecha de biocerámica ¿sabes?, es para evitar la celulitis, y me sujeta el trasero.

— Tarzana, ¿tú con celulitis? Pero si tienes un tipazo… no sé dónde metes lo que comes. ¿Y no te asas de calor? ¡Ah!, ya, perdona, claro, disculpa; estoy que desfallezco, no he comido nada desde esta mañana.

— ¿No tienes nada para comer?

—Algo tengo para cenar, no te preocupes, ya me arreglaré; por cierto, ¿por qué siempre te encuentro sola? ¿Nunca ves a tus amigas?

—Estuve hoy comiendo con Montse y pasando la tarde pero la dejé jugando al tenis con Anita.

— ¿Con…Anita? ¿? ¿Al tenis?

— ¡Claaaro! ¡Anita! La rusa, la que lleva el pelo negro cuervo, ¿no la recuerdas? Les encanta el tenis, las dejé dándose pelotazos en la Casa de León, ¡se machacan! Ya sabes: pelota va pelota viene.

—Nunca jugué al tenis. ¿En la Casa de León? Desde el verano pasado no he vuelto por allí; lo recuerdo todo devastado.

—Pero la cancha de tenis está genial; eso dicen ellas. Bueno, ya he hablado más de la cuenta, si quieres verlas ya sabes dónde encontrarlas.

—Bien, me acordaré, Montse y Anita juegan al tenis en las afueras de esta ciudad arrasada; una cosa: si visitas a Dara dile que ya he visto el primer comanchero descabezado, esta mañana, al norte de Carbajal de La Legua. Un espanto. Devolví lo poco que había desayunado; estoy en ayunas.

—Pues tienes que comer, Samy, o no nos serás de ayuda. ¿Comes conmigo mañana?

— ¡Comer! ¿Comer? Comer, ¿dónde? ¿Cuándo? Comerrr, comer o desfallecerrr.

—Deja de hacer el ganso. Mañana al medio día en el sitio de siempre.

— ¿Tan lejos hay que ir para disfrutar de tu presencia amorosa?

—Tiene una cocina estupenda y que aún funciona.

— ¿Y porque no…a tu casa?

—No eres mi novio, guapo, ¡que más quisieras! Hasta mañana.

Y se subió a la bici y se largó a toda mecha. Nalgona dice. ¡Uff!

Unos crujidos en el vientre me recordaron que alguna vez hay que comer en esta vida, así que, venga, a informar en comisaría y cenar algo o mañana no habrá quien me levante de la cama. (Son unas brujas, unas brujas auténticas, con ese cuerpazo que tiene y va con el culo más apretado que las planchas de un submarino; ¿estará buscando novio? ¡Bah! ¿quién entiende a las mujeres?)

Camino de casa me llama la atención un pequeño grupo de mujeres charlando animadamente mientras cogen agua del caño. ¿Coquetería? ¿Superchería? ¿Por qué se afanan tanto en arreglarse el aspecto para ir a llenar unos calderos de agua? Ellas enredan con sus deseos y Eros sobrevuela ligándolas en sus afanes. Se me hace de noche.

Casi a la puerta de casa un tipo vestido con ropa de camuflaje y andares imprecisos me llama la atención: Es Pablo, lleva un par de táperes con algo dentro.

—Traigo algo para ti, pistolero, ¿me invitaras a cenar, supongo?

—Hombre, si traes tú la cena, invitado quedas. Espera que guarde la bici y subimos a casa.

— ¿Por qué sigues viviendo en esta casa? Y en un cuarto piso.

—Es muy soleado y ventilado y los hongos solo llegan hasta la segunda planta. Se está bien.

— ¿No será por los recuerdos?

—Alguno tendré. A ver, ¿qué traes ahí con tanto misterio? Voy poniendo la mesa.

—El primer recipiente es un regalo de Helena.

—Tu esclava sexual china

— ¿Esclava? Mira, no empieces a joderme con tu racismo de mierda o me largo ya mismo.

—Vale, que ¿qué estoy echando en los platos?

—Es crema de calabacín y algas. Prueba y dime qué opinas.

— ¿Algas? Ahora me estás jodiendo tú a mí, ¿de dónde vas a sacar las algas en este muladar? Calla, esto, esto sabe muy parecido al sopicaldo, la sopa boba, pero en fuerte, fuerte.

—Ahora ya sabes de dónde sale el sustento de esta ciudad y que Helena, como la vuelvas a llamar china te colgaré por los cataplines, fue la que obró el milagro de que no nos hayamos muerto todos ya de pura inanición.

— ¿Ah, sí? Joder, esto está cojonudo, espesita la cremita.

—Era profesora e investigadora en la Facultad de Ciencias Biológicas y Ambientales antes de la guerra.

—Claro y tú ibas a ayudarla a contar microbios.

—Buen microbio estás hecho tú. No la conocía por entonces. El caso es que, bueno, se salvó lo que se pudo, recordarás como fue aquello y que se trajo el material que funcionaba y se instaló en el Palacio de los Guzmanes aprovechando que tenemos algo de electricidad en el centro de la ciudad. Y es esto, lo que te estás cenando, alga espirulina. Helena estaba investigando con ella y montó todo el tinglado, es codirectora del Centro Alimentario que hay en Los Guzmanes.

—Pues yo que pensaba que se hacía a base de verduras y lo que sea que cuezan en las ollas industriales. Esto está cojonudo.

— ¿Y de dónde sacas tú tomates con las nevadas que cayeron este invierno? ¿En las ollas? Pues yo tampoco sé que echaran; ya no quedan ni perros en esta ciudad. Vivimos gracias a las algas, viejo amigo. Será sopa boba pero metemos algo caliente y nutritivo en el cuerpo.

—Bueno, pues dale las gracias a tu es… ¡joder!, no pegues en la cabeza, ¡si solo la he visto alguna vez de lejos! Yo lo que te he oído contar. Que dile que le agradezco que me llenara un táper de sopicaldo especial ¡Palacio de los Guzmanes!

—Este que estamos tomando no es de allí, lo hace ella en casa, cultiva sus propias cepas de alga, yo le añadí el calabacín e hice la crema.

— ¿Tiene un laboratorio en casa?

—Ni yo mismo sé lo que tiene montado, nunca me ha dejado verlo. Además de en la universidad trabajaba en Biomar, en el Parque Tecnológico, buscaba cura para el cáncer o algo así experimentando con algas.

—Vaya, pues ayer estuve casi al lado de ese edificio.

— ¿Que entraste en la Zona Prohibida? ¿Tú estás loco o qué? ¿Tú solo patrullando por una zona radioactiva? Cada día estás más pirado.

—Pirado estaré, no te lo puedo negar, pero es por una investigación oficial, no te puedo contar nada, y no entré solo. De allí me traje el computador portátil, por eso no te lo podías quedar. Soy poli, joder, no puedo contar todo. Oye, que esto llena que no veas. ¿Y que traes en el segundo táper?

—Jugo de tomate, me quedó bastante espeso pero…

—Pero quieto donde estás. ¡Jugo de tomate! Esto hay que celebrarlo, espera un minuto que voy a buscar algo para rebajarlo.

Carrera escaleras abajo, a los trasteros, licorería es la tercera puerta a la izquierda, ¡vodka Smirnoff etiqueta roja! Un día es un día. Jo, tiene razón Pablo, me paso la vida subiendo escaleras; me voy haciendo viejo, de paso subiré un caldero de agua.

Debió marcharse en algún momento, no sé cómo llegaría a su casa con el pedo que tenía, pero yo amanecí tirado en el sofá y la cabeza como un zombi. ¡Uhnn! Esto solo tiene una cura: ¡más vodka con tomate!

Bajo andando hasta comisaría, hoy no me apetece hacer nada, de hecho no recuerdo que tuviera nada pendiente, es que ni recuerdo, camino, soy el Fantasma que camina, como me cruce con Peñín todavía le suelto una hostia que lo estampo contra la pared, de eso sí me acuerdo, ¡gilipollas!

Para qué iría tan pronto al curro, ¿qué curro? Apenas poner el pie dentro, parece que me huele, el jefe ya me está gritando, ya me está gritando y hoy no tengo la cabeza para mascletás.

—¡¡Samur!! ¿Qué tenemos aquí? Sí, en el ordenador de tu oficina, que como bien sabes no es de tu propiedad. ¿Qué es esto? ¿Cuándo me lo pensabas contar? ¿Desde cuándo trabajas por libre?

—Lo siento, jefe, disculpe, no he hecho ningún informe pues solo tengo estás fotos y… (¡Quieto! Ya tienes la excusa para pasar el día con Daisy) Y quisiera que me diera permiso para volver al lugar e investigar más a fondo. Es algo muy extraño.

—Ven a mi oficina y me indicas en el plano el lugar exacto donde está ese dibujo.

En la oficina me tuvo casi una hora dándome la vara con el dibujito hasta que le solté lo del octal y tal, que pueden ser unos chiflados que saben matemáticas y no tendrán nada mejor que hacer.

—Mira a mí no me vengas con rollos que solo me fío de lo que me cuenta la Guardia Civil y en esos pueblos cerca de La Virgen del Camino hace más de dos años que no vive ni dios. Los supervivientes o se vinieron a la ciudad o andan por los montes aullando.

—Por cierto, jefe, ¿sabemos cuánta gente vive en esta ciudad?

—No lo sé ni yo y menos aún el alcalde. Estamos pensando en hacer una fiesta…

— ¿Una fiesta? ¿Y eso?

—Sí, ceporro, una fiesta, con motivo de la llegada del verano. El verano astronómico, porque ya pasamos aquí más calor que en Sevilla, en la Sevilla que yo recuerdo; sabrá Dios cómo estará ahora aquello. El caso es que se repartirá comida y regalos en la Plaza de las Palomas y de paso iremos tomando nota y filiación de todos los penitentes para a ver si conseguimos tener una especie de censo de la gente que vive aquí. Vete haciéndote a la idea de que te pasarás horas apuntando nombres y datos, estarás en la Mesa Petitoria.

— ¿Ni una idea aproximada?

—Entre doce y quince mil personas es el cálculo que yo he hecho. Ala, ya puedes pirarte, sí, te puedes llevar un HK-G36, paso aviso a la armería. Y gracias por el portátil, según me ha dicho el técnico está incólume y en unos meses habrá conseguido descontaminarlo; buen aparato.

Bueno, me he librado de un buen tirón de orejas, o una patada en el culo porque este jefe según le pilles… ¿Y ahora? Ya sé, zapatos, ¡zapatos! No, zapatillas deportivas, siempre anda en bici. No, zapatos, tienen que ser zapatos o si no olvídate de esa cachonda. ¿Dónde encuentro ahora unos zapatos para Daisy?

Chalaneando por aquí y por allá consigo dos pares preciosos, me deben unos cuantos favores en esta ciudad, además ¿quién se pone unos zapatos así en estos días? Alguien como Daisy. Son del número 39, espero acertar, y que me deje ponérselos. Los llevaré en las alforjas, la recortada y su munición se queda en casa que ya llevo el fusil automático; iré con la bici eléctrica que no soy precisamente Alberto Contador. Cómo se notan los años; me paso los días montado en la bici, tengo las piernas como leños, ¡y que no hay día que no me levante y no me duela algo! Y cada día algo diferente.

Como llegué con tiempo de sobras al pueblo me entretuve haciendo docenas de fotos y algún vídeo desde diferentes posiciones. En el interior del círculo las hierbas altas y el cereal semisalvaje está aplastado en el sentido contrario a las agujas del reloj. ¡Y encima es zurdo el chorras este! Me llevo algunos tallos para mirarlos al microscopio, recuerdo haber visto algún documental en la tele sobre el tema: jubilados y estudiantes universitarios con ganas de tomar el pelo a la gente. Ni idea de con qué pudo hacer esto. Al mesón, que el sol ya casca de lo lindo, quema la piel, y mira que soy moreno de cojones pero siempre con camisa de manga larga y ya solo me quito los guantes de ciclista cuando estoy en casa o en la comisaría; bueno, me los quitaré para comer y… ¡probar zapatos a Cenicienta!

El olor a cocina me indica que Daisy ya está en el mesón así que la llamo a voces para que salga a abrirme la puerta en vez de usar mi llavero. Lleva puestos los mismos vaqueros de ayer y una camiseta de tirantes con un lema escrito en la pechera: No soy tu princesa. (¡Uff! Pues serás mi condesa, mi marquesa, mi…y haberte puesto un sujetador, que este se está poniendo ya muy gordo. Vale, meter la bici al patio.)

— ¡Uhm! ¡Qué bien huele aquí!

Su mirada es una mezcla de: "Estamos en guerra tú y yo" y "Tú y tu puñetero mundo me importáis un carajo", pero unas salchichas enormes se están dorando en la parrilla y hay cuatro botellas de clarete enfriando en un caldero con agua. Abre una y disimula. ¿De qué va esta tía? Es un dolor mirarla, estoy trempando desde que me abrió la puerta, y después me lanza unas miradas de: te voy a partir la cara por la menor pijada.

En fin, ya vienen las salchichas.

— ¿Ya viste a Dara? (Cojonudo, cagada mayúscula, mirada de: te voy a partir por la mitad. Atento a los cuchillos)

—Sí, esta mañana, no, no sabe que hoy estoy comiendo contigo; me despellejaría la muy puta. Le conté lo del comanchero que encontraste. ¿Ahora nos creerás? ¿Nos cree el comisario?

—Le dije que lo habría matado un oso, y a los del pueblo también, ¡cojonudas las salchichas! ¿Sabes que cada vez hay más ataques de lobos? Y tú andas por ahí, sola, y con esa bici de juguete. Quiero que tengas más cuidado.

— ¿Te…preocupas… por mí? ¿Tú? Un poli. Tú andas a putas, como en los viejos tiempos, a mí no me engañas. Ni a ninguna de las otras. ¿Te gustan las salchichas? Las hace Lorena.

— ¿Que la cubana sabe hacer salchichas? No dejaréis de sorprenderme.

—No te imaginas la cantidad de cosas que sabe hacer. Nació y se crió en Cuba, idiota, es una superviviente nata. No, no te imaginas lo que sabe hacer ni cuánto la debemos las demás; sin ella… ¡Uff! Que mal lo hubiéramos pasado, pero tú solo le ves la cola.

— ¿Que tiene cola? ¿Qué es? una…

—Culo, cabrón, o como lo llaméis en esta tierra. Abre otra botella, ¿te gusta la carne de venado?

— ¡De venado! —De la impresión me tiré el vaso de vino por encima, me puse perdido y tuve que quitarme la camisa y lavarla en el caldero. Me quedaré luciendo pechito, que estamos a la sombra, a no ser que me tenga guardada una camiseta para mí con el lema: No soy tu…príncipe. Ya viene con la cazuela y el guiso de venado, ¡Viva Colombia!

A la tarde placentera tan solo le falta un buen café recién hecho, y que esta vez no se ha traído la manta para echarnos en la hierba pero hay chupitos de licor de café y Daisy no se queja de fume un cigarro tras otro y que no pare de decir chorradas (¿Saco a ahora los zapatos o espero a que me haga la digestión? Este licor ya la está dulcificando las facciones y no echa esas miradas de: te clavaré este cuchillo en la espalda en cuanto te gires)

—¡¡Qué ha sido eso!! —Yo también me he sobresaltado y estoy en pie con el corazón en un puño. Fue un crujido tremendo en la puerta del bar, como si quisieran tirarla abajo. Daisy sale como una flecha hacia el interior y yo la sigo todo lo raudo que puedo. ¡Otro castañazo tremendo! El fusil. ¡Eh! Es Daisy, que me está tirando del brazo hacia dentro del edificio mientras con la otra mano me indica silencio poniendo un dedo en la boca.

Subimos a la carrera al piso superior y miramos por las ventanas que dan a la calle. No se ve a nadie.

—Estarán bajo el tejadillo y no les vemos, quieta aquí que voy por el fusil. —Y me vuelve a tirar del brazo y me obliga a agacharme.

— ¿No notas ese olor? Me susurra al oído. —Es decírmelo y ya me está picando la nariz, Daisy lo nota y me tapa la nariz para que no estornude. Todo mi cuerpo está en alerta roja pero el entrenamiento es el entrenamiento. Asomo agazapado tras los cristales, sí, parecen dos ¿sombras? Parecen gorilas gigantes pero se mueven como tigres cazando, ¡qué digo! Guepardos.

—Van al otro lado de la casa. Le susurro al oído.

—Olerán los restos de la comida. Vamos. Y tira de mí para llevarme hasta la ventana del dormitorio. — ¿Les ves?

¡Crunch!, otro topetazo tremendo que se ha notado en toda la casa. Ha debido ser contra la verja de hierro. A ver si aguanta. (¿Qué te ocurre? Debe de ser ese puto olor a no sé qué, estoy perdiendo el control, que lo estoy perdiendo. Espera) Estoy sentado bajo la ventana intentando que el corazón no se me salga del pecho y Daisy se me acerca con las manos abiertas como diciendo: ¡a ti que te pasa! Boqueo como un pez fuera del agua. Ella cierra la ventana.

El cerebro reptiliano, o lo que sea, actúa más rápido que el cerebro parlanchín y la tomo las manos y la echo sobre mí. Se me queda mirando con cara de: ¡a ti que te han dado!

—Frótame, Daisy, por Dios Bendito, frótame con todo. —Le susurro al oído.

— ¿Qué te frote? ¿Con esas "Cosas" fuera?

—Sí, necesito tu olor, ¿comprendes? Es algo que me enseñó Dara, aquella noche que nos atacaron, ¡me huelen! Notan mi olor a…hombre. Le digo casi comiéndole el lóbulo de la oreja. —Necesito tu fragancia a hierbas francesas.

Se separa de mí lo suficiente para comprobar que no está hablando con un enajenado y súbitamente comprende. El olor a macho, arruga la nariz. Se yergue y me susurra:

—No te preocupes.

Se suelta el botón del ajustadísimo pantalón, y se lo baja, se acerca a mi rostro, me agarra la cabeza y me empieza a frotar la cara contra sus bragas de fantasía. (Ahora sí que voy a reventar, pero por todas partes) De repente me coge por el cabello y me obliga a levantarme y alejarme de la ventana, me tira sobre la cama, salta a caballito sobre mí y comienza a quitarme los pantalones. (¡Al fin! ¡Libertad! Parece que le escuchara decir al tronco que tengo entre las piernas, y en dos segundos estoy presentando armas) Cómo se nota la veteranía en todo. En minutos me tiene comido a besitos de los pies a la cabeza, por delante y por detrás, y se ha frotado conmigo con todos los milímetros de su preciosa piel. (¡Esto va a reventar! ¡Que va a reventar! Dile algo) Pero antes de que sea capaz de decirle nada ya tiene mi ardiente lanza guardada en su fresca cueva. No me he corrido directamente por el frescor extraño pero parece que mis cojones fuesen dos calderas. Cuando intento nuevamente decir algo otro Crunch tremendo hace retemblar toda la casa. Quieto, déjala hacer, ¡y vaya si sabe hacer! Además, quien puede hablar con ese par de tetas preciosas llenándole la boca.

La suavidad de una serpiente, sí, debe ser algo así lo que tiene esta mujer, pero me va a sacar hasta la médula en cualquier momento. Callado, tú sigue callado.

Me viene a la cabeza algo que me contaba mi abuelo cuando era niño, aquello de cuando en el paraíso el ángel con la espada de fuego llamaba a Adán porque se había comido la manzana con Eva: ¡Y Adán callaba como un puta! Remataba siempre la escena el abuelo. (Bueno, esto ya no aguanta más. ¡Puños fuera! Como decía Mazinger Z. Echando el resto.)

Pasan minutos y minutos mientras reposamos la comida y la frotación tirados en la cama, absortos cada uno en sus cosas; al fin nos convencemos de que esos monstruos ya se habrán ido y nos decidimos a levantarnos, vestirnos y bajar de nuevo al patio. Vaya que si ahora huelo a L´Occitane en Provence, y a base de bien. Los dos nos vamos directos a por el vino pues tenemos la lengua como un trapo. Miradas de complicidad, al tercer trago recuerdo que traía un regalo para Daisy.

—A ver si te gusta lo que he encontrado para ti. Y le llevo las dos cajas de zapatos. — ¿Me permite mi baronesa?

Apoya la cabeza contra la mano y el codo en la mesa, asiente con una sonrisa de oreja a oreja.

— ¿Cuál te gusta más? ¿Este de novia o este para traje de cóctel? (¡Acerté con el número! Apúntate mil puntos)

Vaya reinona. Se pone un par, se pone el otro, camina de aquí para allá imitando a las supermodelos de otros tiempos. ¡Está encantada! Melenaza al viento. En algún momento decide que ya está bien de pasear por la hierba y me sorprende por la espalda dándome un besito en la mejilla justo cuando estaba echando otro trago.

—Gracias, guapísima, pero aún no se ha secado la camisa y ya voy a tener que lavar también los pantalones.

—Pues lávalos, ¡quítatelos! Te los has puesto perdidos de vino.

—Pero es que…

— ¿Tienes prisa en volver? Te invito a cenar, no me esperaba este detalle de ti. Y lávalos rápido que solo es un poco de vino.

Apenas hago el gesto de ir a meter los pantalones en el caldero y comenzar a mojarlos y se va caminando, (¡se le va a salir una cadera! Pero seguro, ¡eh! Ninguna cadera humana puede soportar semejantes meneos) Y se para desafiante en el marco de la puerta y me grita:

— ¡No te canses mucho frotando eso! Quiero que te canses frotándome a mí. Te espero arriba.

Y se gira y desaparece en plan superestrella de cine. Lo que son capaces de conseguir un buen par de zapatos. Ni se los quitó para montarme de nuevo destrozando las sábanas.

— ¡Hágale rápido, viejo! Culicagao, ¡daaale! ¿No sabes zumbar mejor? Que se me duerme el…

— ¡Qué se te va a dormir! Verás ahora a cuatro patas. Te vas a enterar, morena.

Se puso los de novia para la cena, y después me llevó de nuevo de la mano hasta el dormitorio donde incluso me permitió quitárselos.

—Oye, guapísima, ¿tú sabes cuándo comenzó la moda de los chochos pelaos?

—Ni idea, pero sigue, sigue, sigue que no lo haces mal.

Hacía años que no pasaba una noche con una mujer, y primero Dara y después Daisy me hicieron recordar que hay cosas que nunca deberían cambiar en nuestra perdida humanidad.

Pérfido error, me di cuenta apenas cascarlo. (¡Nunca le digas a una puta dónde vives!) Pero me tenía cogido por donde más nos gusta a los hombres y esta es de las que sabe lo que se lleva a la boca. Me preguntó como si tal cosa y se lo solté. (¡Pero es que va a ser el cuarto del día! Y hacía años, pero años y años que no llegaba yo a tal cosa) Bueno, a lo hecho pecho, y los dos que tiene esta mujer son para hacerla un monumento.

Después me quedé frito como un leño, no sé si se quedó a soportar mi roncadera, cuando empiezo parezco una Harley Davidson, mi esposa siempre se quejaba de mis ronquidos y me mandaba después a dormir al dormitorio de invitados. Pero el caso es que desperté en una cama donde parecían haber pasado la noche una docena de comancheros ¡pero oliendo a perfume francés!

(La bici y de vuelta a la ciudad. Ni se te ocurra desviarte a ver a Dara. ¡Para qué le diría yo dónde vivo a Daisy! Espérate problemas, si no es hoy será mañana. Lo tuyo no es la inteligencia, desde luego que no.)

Sintetizando, que se alarga el informe, me dirigí directamente a comisaría para informar y apenas entrar por el patio ya tenía a Peñín dándome voces como un poseso:

— ¿Dónde estabas ayer, cabrón? ¿Dónde te escondiste todo el puto día? ¿Tú que eres, el puto Fantomas?

— ¿Tú de que vas? Como me baje de la bici te voy a correr a hostias hasta…

— ¡Callaros los dos! Samur, ¡tras de mí! ¿Hiciste más fotos? Pásame la tarjeta ya las sacaré yo mismo. Ayer tuvieron faena tus compañeros, un ataque de comancheros en la zona de la universidad.

— ¿Tenemos bajas?

—Nosotros no, de ellos palmaron cuatro. Pasa de tus compañeros, por un día que les toca currar… por cierto, te esperan en tu oficina, es del ayuntamiento, una misión de protección esta mañana, ¡sin rechistar! Lo que ella te diga tú lo harás, y no la cagues.

(¿Lo que "ella" me diga? ¿Ahora también voy a obedecer órdenes de mujeres? A ver cómo es esa vieja bruja. ¡¡China!! Es una… ¡quieto parao! Es casi tan alta como yo, y mido 1.87 metros, y es… ¡guapa! Toda la belleza de las emperatrices Ming, Ting y Ping reunida en una joven)

—Hola, Samy, soy Helena. Pablo me ha dicho que ya te ha hablado de mí.

—Así que tú eres Helena, (besito de presentación, ya me notó el olor a colonia francesa; mirada de picardía) ¿Y dónde está hoy ese cerebrín? ¿Cazando ranas en el río?

—Le dejé en su casa preparando unos tarros de crujiente de cebolla caramelizado, me dijo que uno sería para ti.

—Por favor, siéntate, tú me dirás.

—No tenemos tiempo que perder. Hay que salir hasta las afueras de Villaobispo de las Regueras, necesito tu compañía y que me procures escolta.

—¿? ¿Tan lejos? Ayer hubo un ataque en la universidad, en esa zona puede haber comancheros.

—Por eso necesito al Matador, y su bicicleta.

— ¿Mi bici?

—Vamos a hacer un trueque, un intercambio, con unos pastores, y Pablo me ha dicho que tienes un carrito que puedes enganchar a la bici; ¡sí!, bien, en él llevaremos las cosas que he elegido para hacer el trueque. ¿Nos vamos?

No me dejó ni sentarme, es puro nervio la muchacha.

¿Trueque? ¿Con pastores? No estoy en posición de hacer preguntas así que a enganchar el carrito a la bici y a acompañarla hasta el palacio de Los Guzmanes. Lo carga con todo tipo de cachivaches insólitos y después aparece con una bici de chica, rosa, de un piñón; muy guapa.

Como para salir corriendo si aparecen los comancheros; en fin, vamos allá. En el control de la carretera de Santander me llevo al paso a los dos compañeros que están de vigías dando vueltas con los caballos por la rotonda. Atravesamos el pueblo y nos dirigimos campo adelante por la carretera del Portillín.

En efecto, allá a lo lejos divisamos un grupo de pastores ataviados con largos capotes y un grupo de cabras que ciscan y enciscan de aquí para allá.

—Helena, ¿me quieres decir ahora a qué venimos realmente a este lugar?

—Me han encargado que consiga al menos media docena de cabras.

— ¿Una fiesta del alcalde y sus…?

—Todavía no, más adelante. Es con fines reproductivos, necesitamos algunos cabritos que podamos cuidar y reproducir para paliar la falta de carne y esos pastores bajaron de la montaña anoche y se mostraron dispuestos a cambiar algunas de sus crías por cosas que necesitan.

Ya les tengo a la vista, bereberes, ¡joder! Los ocho son bereberes. ¿Y esta pava quiere hacer tratos con esa jarca? Harán Tajín con ella y se la comerán con verduritas.

—Helena, ¿tú sabes regatear?

— ¿El qué? No venimos a jugar al fútbol con ellos.

(¡No sabe regatear! Bueno, es normal; mi madre debió ser la última mujer española que sabía cómo regatear en los mercados, así fuera moro o gitano les sacaba las muelas antes de soltar un euro) Se lo explico, el modo de proceder, así por encima, apenas nos hemos bajado de las bicis y he enviado a los caballistas a hacer una exploración por la zona, y la china me asiente continuamente como si entendiera.

— ¿Sabrás valerte por ti misma?

—Ya puedes irte a bañar al río si quieres, esto irá para largo. ¡Ya, ya! Primero tomar té.

Anda con la profe, ya me pilló al vuelo el concepto y se sienta con los moracos a tomar té con yerbabuena como si los conociera de toda la vida. Bien, si esto va a ir para largo aprovecho para darme una vuelta por la zona, algunas casas y una nave industrial; echaré un vistazo. Entro en la nave por una ventana, estuvo habitada hace tiempo, máquinas herramientas por todas partes y chapas y más chapas por todos los rincones. (A ver qué pillo por aquí. Y justo, en una taquilla me topo con un tesoro inesperado: ¡cuatro tenderos! Con sus rodamientos y cable de acero continuo, sin nudos, para que gire el cable sin atascarse. ¡Seré el amo de la ciudad! Me darán lo que pida por ellos, aunque uno me lo guardaré para casa que bien que lo necesito.) Con los cables y rodamientos a cuestas consigo salir trabajosamente de la nave y me voy de vuelta al carrito, llego justo a tiempo de que el trato se haya concluido. Una cabra vieja, un chivito y cuatro cabritillas por los cacharros.

¡Todos felices! ¡Buen trato, buen trato!

Besos, muchos besos, me comen a besos los moracos. (¿Creerán que soy uno de ellos? Vale, con lo negro que estoy no sería de extrañar)

— ¡Que sí, Jamed, que sí! Que en cuanto esto pase iré a tu casa en Chauen a conocer a tus abuelos, ¡ah, que no! A tus hermanas, vale, que sí, que haremos buen trato…

Ya me veo con chilaba afincado en su cabila y haciéndole los recados a sus abuelos. Pero hay que volver a la ciudad, nos despedimos al fin de los pastores que se van monte arriba por la carretera, ¿dónde estarán ese par de cabestros caballistas? Les llamo con el silbato pero no les tengo a la vista, el caso es regresar con la profe y las cabras, ya aparecerán.

Cuando estamos cruzando el puente sobre el río Torío les oigo venir tras nosotros al galope tendido, les hago aspavientos pero los caballos corren como espantados, uno de ellos nos pasa de largo casi arrollando el pequeño rebaño pero al otro, entre el caballista y el oficial que suscribe, conseguimos frenarlo.

— ¿Se puede saber qué cojones os pasa? ¿Queréis matarnos?

—Perdona, Matador, perdona, ¡hemos visto algo! Vimos algo entre los árboles de allá arriba y los caballos se volvieron locos.

— ¿Un grupo de comancheros agazapado entre los robles?

—¡¡Cojones de comancheros!! Nos hubiéramos liado a tiros con ellos. Un monstruo, un puto monstruo peludo que huele fatal; los caballos se volvieron locos, suerte que no nos han tirado al suelo. La verdad, la verdad es que yo también estoy acojonado, ¡me entró un no sé qué! Tengo el corazón a mil.

—Vale, vale, no me cuentes más. Protege a la profesora y las cabras hasta…

— ¡La Granja! Vamos al viejo edificio de la Diputación que hay al lado del parque, allí cuidaran de las cabras.

—Muy bien, Helena, continuar; ya nos veremos.

Me quedé protegiendo el puente con la recortada en brazos y dos granadas de mano a los pies controlando el puente y las casas y prados del otro lado del río. (Entre los robles, le vieron entre los árboles. Algún día tenía que pasar. No eran locuras de Dara para echarme un rapapolvo, bueno, dos, y de los gloriosos, y las diablas, que han sobrevivido tres años a los comancheros, no se iban a asustar del oso Yogui y su amigo Bubu. Ahí hay algo y son unos cuantos, ¡pero no atacaron a los pastores y sus cabras! Dara insiste en que matan solamente comancheros. Señor, qué calor, vaya chicharra, de buena gana me tiraría al río. ¡Qué tontería defender el puente! Baja tan poca agua que en algunos sitios podría cruzar el río andando ese monstruo, ¿y después de comerse los sesos se dan un festín con las vísceras? Y si se quedan con hambre: continúan con los muslos, el trasero, las pantorrillas, carne magra, supongo, para ellos. ¡Qué horror!)

Mantuve la posición durante una hora, calculé que tiempo más que suficiente para que llegaran hasta la antigua Granja Agropecuaria, y comencé a pedalear hacia la ciudad. Otros dos compañeros habían tomado el relevo a los dos cagaletas.

—No pasa nada. No hay un alma a la vista, tranquilos. Sería un oso lo que asustó a los caballos. Buen servicio.

(Una de dos: o miento como un desalmado o me pongo una mordaza. Vaya oficio elegí) Cuando paso a la altura del hipermercado Lidl, completamente devastado, miro, no sé por qué, al cielo sobre la catedral y he de parar y echar pie a tierra de puro asombro. En el cielo, despejado y ardiente, observo una especie de inmensa estrella de color azul metálico, casi tan grande como la luna llena, que en segundos se convierte en una pequeña nube vaporosa con forma de haba luminosa que gira sobre sí misma deshaciéndose. No soy el único observando el suceso, hay más vecinos, pero cuando se me pasa el pasmo y acuerdo coger la cámara de fotos de las alforjas el efecto extraordinario ha prácticamente desaparecido. Tan solo se ve en las fotos las trazas de una nubecilla.

Me acerqué primero hasta Los Guzmanes para tomar un plato de sopicaldo, ya no podía con los pedales, antes de ir a comisaría a informar. Por delante pasa el alcalde y su cortejo con sus ridículos cochecitos eléctricos saludando con la mano a la cola de famélicos y desesperados.

(Ahora que tengo algo caliente en las tripas primero voy a casa a dejar los tenderos y aprovecho para tomar unas buenas lonchas de cecina. ¿El botijo? Está lleno, muy majo este vecino que tengo)

Ya repuesto bajé a comisaría para hacer el reporte de los sucesos de la mañana y ¡sorpresa! Helena estaba de cháchara con el comisario. (Al loro que verás cómo te cae otra faena antes de que termine el día. Efectivamente, me cayó.)

—Samy, acércate, te transmito de parte del concejo municipal las mayores felicitaciones por la labor de esta mañana. Esas cabras pronto estarán dando leche.

— ¡Y podremos hacer quesos! Gracias, Samy, te portaste como un héroe.

—Gracias a ti, Helena, yo solo hice mi trabajo. ¿Alguna cosa, comisario? Voy a hacer el…

—Déjalo, ya tendrás tiempo. Hay otro encargo para ti de la señorita Helena, pero ella te lo explicará mejor.

Sincretizando, o nunca terminaré el informe, tenía que volver al Parque Tecnológico, otro traje anticontaminación y su equipo, entrar en un edificio llamado Instituto Biomar, la empresa donde Helena estaba trabajando cuando todo se jodió; sí, tengo que llevar el carrito, y buscar una serie de carpetas en las oficinas que ella me apunta en un papelito y traerlas a la fresquera de comisaría, donde guardamos todo lo radiactivo.

Vuelta a pedalear pero ahora con la solana de las 16.00 horas. (Pasaré por donde Dara, a ver si quiere acompañarme. No está en casa, tras esperar un buen rato decido apuntarle la dirección donde voy con la tiza, no, no es una pastilla de cianuro lo que llevo siempre en el bolso del pantalón, ¿de dónde cojones sacaría yo hoy día una pastilla de cianuro? Esa diabla recuerda demasiadas películas de espías y cosas de esas; un trozo de tiza me resulta imprescindible en mis salidas por el extrarradio para volver a casa vivo cada noche) Llego hasta la pasarela sobre las vías del tren y mientras me pongo encima toda la equipación cavilo. (¿Qué hacer? Pasar por la gatera con bici y todo, pedalear a toda pastilla hasta el edificio, cargar las carpetas, y salir echando mistos de la Zona Prohibida.)

Compruebo que tengo todo bien colocado, las zapatillas guardadas en una bolsa de plástico en el fondo del carrito, y entro andando en el Parque Tecnológico moviéndome con rapidez, pedaleando con avidez, seguridad y precisión ante todo. Helena me indicó con pelos y señales dónde me debía dirigir en el edificio. Entro y salgo cargado de carpetas, tres veces he de repetir la operación, (Y una cuarta por si encuentro algo que afanar. En el salón de reuniones, vacío por supuesto, me encuentro con cuatro botellines de agua a medio consumir. Esto ya pasa de castaño oscuro, ¿y qué le puedo decir al comisario? ¿Que hay cuatro tipos por ahí que celebran sus reuniones en edificios de la Zona Prohibida? Los tapones.)

Salgo del Parque y al pasar por las vías me deshago del equipo y bajo por la Nacional 120 hacia la Plaza de Toros pedaleando con todo lo que me permiten las piernas; el miedo no me cabe en el cuerpo.

Esa cosa no la ves pero te mata. La radiactividad.

Llego hasta la comisaría, misión cumplida. Papeles a la fresquera que se lleva el técnico armado de gruesos y largos guantes de goma. (El friegaplatos, como le llamamos, pues anda siempre buscando productos de limpieza por todas partes) y me doy por finalizada la jornada que ya estoy hasta los…Aquí queda el carrito.

 — ¡Hombre, Pablo! ¿Qué haces tú aquí?

—He venido a traerte esto, gañan.

— ¡Cebolla caramelizada! ¿Cenarás conmigo?

—No, lo siento, he quedado; ya sabes.

(Saber no es que sepa mucho pero me empiezo a imaginar a la chinita con un camisón de picardía y sujetador de tiro alto y…Y Pablo me pilla la idea y casi me aplica un bofetón de campeonato)

—Vale, vale, vale, cenaré solo, gracias por el tarro ya te lo devolveré. —Me subo a la bici y empiezo a salir de comisaría. (No puedo evitarlo, no puedo evitarlo) ¡Saludos a tu esclava! ¡Tiene unas tetas magníficas! (Corre, corre, que te sacude, ¡pedalea cojones! ¡Uy! Libré por poco)

Llego sano y salvo a casa justo al tiempo que el vecino sale de la misma. ¿Movida en el barrio? De las chungas; pues ya sabes donde vivo si empiezan los palos. ¿Qué tengo? ¿Qué tengo para acompañar la cebolla en tarro? Ah, sí, unas setas desecadas, me haré una cena de campeonato pero primero aprovecharé la luz del atardecer para instalar el nuevo tendero. Mañana tendré a todas las vecinas llamando a la puerta; pues hay una morena casi tan alta como Helena dos calles más abajo con la que no me importaría entrar en tratos.

Lo que tiene haber conocido a Dara y sus diablas, hace dos meses ni miraba ni veía mujer alguna. No, no, desde que Clara me dejó no he podido mirar a ninguna. Ceno en la terraza aprovechando la luminosidad de la puesta de sol, una extraña pureza parece invadir las cosas y hasta los reflejos en los cristales y metales parecen estar cargados de algo que, en otro tiempo, hace un millón de años, hubiera llamado: Perdón.

Cuando ya estoy por abrir la cama y echarme unos golpes en la puerta del piso me desconciertan un tanto. El vecino, le dejo pasar. Tuvieron movida en la catedral, el gran edificio se ha convertido desde que terminó el invierno en un albergue para desplazados. Desplazados de la vida. Hay pisos vacíos por todas partes pero esta gente solo vive para mendigar y estar constantemente peleándose y emborrachándose. ¿Qué son? ¿Aneuronales? Siempre a un paso de convertirse en simples y crudos comancheros. Los vecinos de la zona están hartos y un día van a montar una de las gordas para echarlos.

—No te cabrees más, vecino, bien sabes que no tienen remedio. Eso es ahora un manicomio. Espera, toma algo conmigo.

Queda algo de vodka y lo rebajamos con agua del botijo. Al segundo vaso, ¿ya no queda más? el vecino ya sonríe, toma bromas, y se despide con su típico:

—Mañana te toca a ti llenar los calderos, y gracias por desatascar el sumidero de los trasteros; no había humano que soportara ese hedor.

—Hasta mañana; tranquilo, tendré tiempo de sobra para ir por agua al caño.

Mañana no pienso dar palo al agua, me digo a mí mismo al meterme entre las sábanas. ¿Cuántas semanas hace que no me tomo un día libre? Desde aquel domingo, hace meses, que fui a casa de Dara para recoger las armas y municiones, y después me fui a recoger setas a La Candamia; parece que haya pasado un siglo. ¿Y si me afeitara la barba? Parezco el protagonista de Rashomon y tengo que llevar la melena recogida con una goma o el pelo se mete en los ojos y en la boca al dar pedales.

Rashomon, ¡qué peliculón!

Lo que hace el vodka.

Frito.

(Clara, Clara, sé que eres tú, ¡no entiendo lo que dices! No te entiendo. Estás tan guapa con tu camisón blanco,

¡Clara!)

Hay noches que uno debe pasarlas en compañía de dioses, y diosas, pues te levantas al día siguiente con un ánimo extraordinario, con un afán poco común, como sí, como sí, ¡quisieras arreglar el mundo! Y así me levanté yo el doceavo día del mes del patatal. Me arreglo la barba con las tijeras, ¡Joder, pues sí que parezco un bereber! ¿La melena? Una goma y va que chuta, ya me la cortaré algún día, igual me sale una novia peluquera. (¡Y puta! Ya estamos con la jodienda. Con que sepa cortarme el pelo me vale) Riego las jardineras con el agua que queda por casa, los chiles ya estarán pronto a punto con este calor, y paso la fregona al baño y cocina. Casa limpia, ¡qué digo! Impoluta. Y pensar que cuando mi esposa vivía antes me dejaba desollar vivo que echar mano a la escoba.

En el caño me encuentro con Bapaji, un viejo conocido que tenía un restaurante hindú donde solíamos ir Clara y yo, me encantaba su comida especiada y picante, es verle y me entra una angustia inexplicable, y él me lo nota, somos los dos únicos varones en la cola del caño.

— ¿Sigues de duelo, Samur? ¿No has conocido todavía otra mujer que te haga olvidar? ¿Nah?

—He encontrado alguna, pero no me hacen ni puñetero caso, incluso me he recortado la barba y procuro ir vestido, o sea con ropa, con ropa…

—Que te entiendo, Samur, te noto algo cambiado, pero poco, muy poco. ¡Necesitas algo picante en tu vida! ¿Yaar?

—Vivo muy bien solo, muy a gusto. Perro solo bien se lame.

—Pero ya estás buscando compañera. Picantona, como era Clara.

—Que no, que no, que no digas eso Bapaji; no te pongas en plan gurú hindú.

—No necesito ponerme en ningún plan místico, tú eres como un antiguo espejo chino pero no lo sabes.

— ¿Un espejo chino? ¿Qué tenían de especial? ¿Muy baratos?

— ¡No! Carísimos y escasísimos, pero tenían una cualidad esencial, te cuento, si los ponías en la ventana o donde les diera una buena luz solar en vez de reflejarla se veía un haz de luz atravesar el vidrio y reflejarse en la pared contraria.

— ¿Unos espejos que dejaban pasar la luz?

—Solo una luz fuerte y concentrada, y podías ver en la pared el mensaje oculto en la parte posterior del vidrio, dibujos, algún texto escrito, lo que hubiera dispuesto el artesano del espejo. Y tú eres como uno de aquellos rarísimos espejos, tú te crees un tipo sólido, firme, que sale incólume de cualquier desastre, pero no es así, ¡nah! no eres así, y hay personas que ven lo que hay detrás de ti; el mensaje que hay en tu persona. Lo ven claramente.

—Mujeres.

Me guiña el ojo, ya nos toca el turno de llenar los calderos y las mujeres, unas viejas brujas pintarrajeadas que hay tras nosotros y que habrán escuchado la conversación comienzan a mirarme con sonrisitas de burla y desdén a lo que respondo remojándome la cara, barba, melena, el pecho, el vientre…

—¡¡Venga, venga!! Límpiate el culo en casa, ¡pelele! ¡Mamón, que hay más gente en la cola! ¡Arranca! ¡Pasmao!

Ahora soy yo el que le guiña el ojo a Bapaji. Algo sabré de cómo son las mujeres, algo, un poco.

Día de asueto.

Al fin me tomo un día libre en la ciudad de los dos
ríos donde tan solo las almas cándidas, pocas quedarán,
pueden dormir cuando llega la noche. Día de vagancia,
bueno, tuve que hacer otro viaje al caño para llenar más
calderos pero la cola era ya más corta. Una camiseta limpia y
una chaquetilla deportiva encima para disimular en lo posible
la pipa en el sobaco y unos vaqueros recortados por la
rodilla, ¡ah! y el sombrero, ¡que parezcas un tipo elegante!

Pasear por la ciudad, no puedes resistir recordar aquí
una cosa allá otra. Restos de coches vandalizados por todas
partes, ¿para qué cojones querrán un tubo de escape los
comancheros? ¿Se esnifarán algo aspirando por él? Bajo hasta
el puente de los leones. Con este calor se agradece la brisa
que baja por el río desde las montañas; todavía tiene un buen
caudal, este invierno pasado nevó mucho. Escucho comentar
a unos transeúntes que en el barrio de Las Ventas ya tienen
agua, algo, en los grifos, procedente de Villaquilambre y unas
fuentes en el monte Rebollo.

¿Quién sabe? Tal vez este verano volvamos a tener
agua corriente en las casas y el alcalde actual, el séptimo en
tres años, no sea un completo inútil como los anteriores. Me
apetece incluso pasear por orilla del río.

— ¿Qué queréis, subrays?

Son tres chavales de unos doce años, con sus ridículas
bicicletas, que me han cercado tan raudos que casi me
atropellan.

—Toma, esto es para ti.

Uno de ellos me enseña un papelito.

— ¿Sabéis quién soy yo? Y les muestro la cartuchera.

—Sí, eres El Matador.

Reculan un poco con las bicis, no me dejan avanzar.

— ¿Y no sabéis que para hablar conmigo primero hay

que quitarse la gorra? No sea que os tome por comancheros y empiece a pegar tiros. ¿Os gustaría?

—Perdona. —Dice el que parece ser el mayor. Se quita la gorra y deja la bici en el suelo para pasarme la papeleta.

Reconozco la letra antes de leer nada.

— ¿Quién os dio esto?

—Una señora, una señora rubia que nos vio cazando en el río por la zona del Parque de Quevedo. Nos dijo que te buscáramos y te lo diéramos.

(¿Una rubia? La Montse. Pero la letra es de Dara)

— ¿Qué estabais cazando? ¿Con esos arcos?

(Lleva cada uno un arco y carcaj lleno de flechas a la espalda; como si fueran apaches. ¿A dónde iremos a parar?)

—Cigüeñas, estábamos cazando cigüeñas.

— ¿Os coméis eso?

—No, tío, no jodas; es para que ellas no se coman los peces del río, que esos sí que los comemos.

—Vale, podéis piraros. Y la próxima vez ya sabéis: para hablar con un adulto primero os quitáis esas gorras ridículas de la cabeza. ¡Largo!

Ley y orden.

Y una buena vara de avellano, y verías tú cómo estos asilvestrados volvían a la civilización en cuatro días. ¿Y dónde encuentro yo un profe que les diera algo de instrucción? ¿Quedará alguno vivo en algún lugar? En fin, a ver qué me cuenta mi diabla misteriosa.

¡No me jodas!

Que vaya esta tarde, a las 19.00 horas en punto, con el

carrito a su casa. Más armas seguramente. No me apetece una mierda hacerme dos horas de bici para que encima me ponga morros de gocha y me eche de su casa con cajas destempladas.

Me lo pensaré.

Apenas se ha gastado nada de la munición que recogí pues el jefe, con buen criterio, solo me deja a mí echar mano a los fusiles del ejército.

De camino al barrio me encuentro con don Pedro que está sentado a la puerta de casa, me invita a sentarme y pinchar algo, ¡uhm! Una jarra de barro.

—Prueba este vino de Chozas, Samur, y dame tu opinión.

— ¿De Chozas? Será radiactivo.

—Tú echa un trago y luego me cuentas que es lo que te está matando, porque algo te está haciendo polvo; se te nota mucho.

(¡Otro! Me tendré que volver a dejar crecer la barba pues el viejo cara de piedra debe parecer ahora un pipiolo)

— ¿Qué es lo que me mata? No saber quién mató al notario, y de esa manera tan cruel. Puede estar pasando por delante de nuestras narices.

—Descubriste algo, ¿verdad? Sobre una reunión en un edificio de la Zona Prohibida, ¿miento?

—No, y puede que no haya sido la única.

— ¿Qué? ¿Cómo lo sabes?

—Ayer tuve que volver a la Zona, a una empresa de investigación biotecnológica, y el mismo tema: cuatro botellines de agua olvidados en la sala de reuniones.

— ¿Botellines de plástico? Con lo raros que son de ver

hoy día, ¿se llevan los botellines y los tiran allí?

—Botellines marca Carrizal, un manantial que hay en la carretera de Caboalles, que ellos mismos han desprecintado y abierto para bebérselos; he mirado y remirado los tapones, sin huellas. Usaran guantes, normal, en una zona tan contaminada.

—Si hay gente que se reúne allí quizá no esté ya tan contaminada, habría que volver a ese Parque y hacer nuevas mediciones y…tal vez no usen guantes.

— ¿Sin guantes?

—He revisado los datos que obtuve una docena de veces, el notario fue descarnado como una res con un gran cuchillo de caza, de eso no tengo dudas, son muchos años en el oficio, ¿sabes? Pero lo curioso, lo extraño es que el hombre que lo hizo tiene una extraña cualidad.

— ¿Cuál? Sí, tomaré otro vaso.

—Es una persona que no suda.

(¡Cojona! ¿Por qué siempre me tienen que soltar la bomba cuando tengo el vaso en la boca? Ala, otro pantalón manchado de vino)

—Samur, Samur Pan, ¿hay algo que yo debería saber?

—No sé, no sé qué decirle don Pedro, de veras. Le dejo, muy rico el vino, pero tengo que ir a casa a cambiarme de pantalones. Nos vemos.

Larga se hace la tarde del que va a morir, o matar. Se me está haciendo infinita. No tenía muchas ganas que digamos de volver a ver a Dara pero con lo que me soltó el forense ya no puedo volverme atrás. Y me reconcome, me reconcome el alma pensar que ese ángel azul y bellísimo se tomó la justicia por su mano y mató al notario. Sería un chuloputas, hace años, pero eso no es excusa para abrirle en canal como a un borrego. Larga se le hace a uno la tarde cuando sabe que va a morir.

Recuerdo aquella otra, hace un mes, libré por bien poco; me dio por bajar a explorar hasta Trobajo del Cerecedo y me topé con una pandilla de broncas pedaleando por la avenida de Antibióticos, haciendo el chorras con sus bicis ridículas, se pusieron a echarme carreritas y hacer piruetas con las bicis a mi altura; sí, vale, alguno me resulta conocido, tendríais que estar haciendo la mili, cabrones, alguna vez me han avisado de ataques comancheros a sí que no saco la pipa y me zumbo un par de ellos; a la altura de Antibióticos se dan la vuelta y me dejan continuar solo.

Callejeo y salgo hasta Casa Galicia, igual han llenado las piscinas. Abandono y devastación. Voy hasta las pistas de tenis, igual hay un par de diablas raqueteando un rato, ¡y les vi! El cielo estaba de tormenta y el viento me daba en la cara, no me oyeron acercarme, entre unos árboles al fondo de las instalaciones había un par de comancheros, el brillo de los machetes no engaña, mirando hacia el otro lado de la verja, ¿qué cojones vigilan estos pirados? En cuanto les tuve a tiro: ¡Pum, pum! A uno le reventé la cabeza, al otro le di en la rabadilla y le explotaron los güevos; dos bichos menos. Tengo que volver a la bici por la cámara. De vuelta a la entrada de las instalaciones el viento arreció una barbaridad, ¿qué cojones miraban esos dos? ¿la tormenta que se viene encima? Y volví la vista.

¡Joder! ¡Un puto tornado!

Y que se me venía encima a toda leche.

Eché a correr, tomé la bici, y me metí dentro del edificio. Terminé metiéndome en la cámara frigorífica del restaurante. Allí volaba todo, un acojone total, ¡y eso que no me pasó por encima! ¿Qué serían? ¿Dos minutos? Vaya bramido del mundo, tornados en esta tierra, como si esto fuera Oklahoma; el tiempo se ha ido a tomar por el culo, ya nadie tiene ni puta idea de cómo será el mañana. En cuanto el turbión cedió asomé a ver por dónde tiraba, como vaya hacia la ciudad será pijada regresar; pero tal vez al pasar sobre el río, cambió su rumbo y se fue hacia el noreste, por la Sobarriba arriba. Ese monstruo no parará hasta los Picos de Europa por lo menos. Libré por bien poco. Ni me molesté en hacer un par de fotos, que se los coman los cuervos, o sus compañeros. Trabajoso pedalear de vuelta a casa por la orilla del río. Tenía la muerte escrita en la frente aquella tarde.

Saco la bici eléctrica del trastero, no estoy para dar pedales, y paso por comisaría para enganchar el carrito. Voy como un borrico, con orejeras, ni miro ni escucho a nadie, salgo del patio y me voy hacia Armunia.

¿Quedan ratas en Armunia?

Puede que aún quede una. Y tenga que matarla. ¿Cómo? ¿Cómo matar a una diabla? ¿Y si en vez del revolver utilizara el cuchillo de monte? Tal vez podría degollarla cortándole la yugular con un golpe rápido y certero, como aprendí en los paracaidistas. Tendré que matarla, o ella me matará a mí; matarla, pues no me contará nada. Me ha estado tomando el pelo todo este tiempo. Un cacho de carne, eso soy para ella. Voy a matarla.

Anaxágoras.

¿?

Anaxágoras. No dejo de repetirme esa palabra, me suena a griego. Es verdad, no terminé la E.G.B. Un sabio griego, sí, eso debió ser el tal Anaxágoras. Qué calor hace todavía a estas horas, el sol semeja una gran bola de fuego; menos mal que voy a motor y llegaré en minutos. Le pediré un poco de agua; sí, eso, primero pedirle un poco de agua, antes de matarla.

Cuando llego el portón está cerrado y mis garabatos a tiza borrados. Tan solo he llegado un par de minutos adelantado según mi reloj de edición limitada.

Y me tiene dos minutos esperando al solazo esa puta

bruja.

Bueno, ya abre la puerta.

— ¿Se puede pasar?

—Pase usted, detective, y deje la bici junto a la mesa.

(Detective; nada de: ¡Hola, Samy! Me alegro de verte. Sobre la mesa observo un gran bulto más que sospechoso cubierto con sábanas viejas, huele a…)

—Ven, entra, querrás tomar un trago, supongo.

—Gracias, sí, hace mucho calor, un poco de agua me vendría bien.

Ella va con pantalones largos, negros, bajo su absurda bata blanca con todos los botones cerrados, y una camiseta morada de cuello cisne. No es que quiera enseñarme mucho últimamente la diabla Dara.

—Te sigue gustando el vino, supongo.

—Algo, algo.

Me acerca un decantador que tenía metido en un caldero con agua fresca, yo acerco las copas y ella sirve el vino con mejor estilo que el sumiller del Hostal de San Marcos. Deferencia de la casa.

— ¿Qué sabes de los alzacuellos?

(Joder, qué manía ha cogido todo el mundo con soltarme la patada cuando me llevo el vino a boca. Esta vez no me he mojado)

—No mucho, y me parece que eres tú la que tiene que contarme un montón de cosas.

—Como cuales.

— ¿Dónde estabas la noche cuando asesinaron al

notario?

—Con Montse y Anita, pasé la noche con ellas.

—Así que tienes dos…

— ¿Qué estás suponiendo, poli?

—Fue descuartizado con un gran cuchillo de caza, tu afición favorita, ya sabes: ¡venado! —Arruga el ceño, ¡ya la cagué! Se supone que yo no sé nada del venado que ella cazó y Daisy me dio a probar. Se pone en alerta.

—Bueno, ¿y qué? ¿Cuánta gente tendrá cuchillos de esos? ¿Y los comancheros?

—No fueron comancheros. Nadie oyó nada raro en la urbanización aquella noche. La puerta de la casa estaba cerrada con llave, ¡dos vueltas!

— ¿Y?

—Alguien entró y salió de la casa como un fantasma, ¿te suena de algo? Y la persona que le mató y descuartizó ¡¡no suda!!

Las cartas sobre la mesa. Se le olvidó esta vez decirme que me desarmara antes de entrar en el salón; me quito el puñal de la pantorrilla y lo dejo a mano y que vea bien que sigo con el revólver en el sobaco. Se queda callada, la cabeza baja, mirándose los pies durante un buen rato; al fin levanta el rostro. (¿Por qué serás tan jodidamente guapa, asesina?) y coge la copa y se toma un trago largo, muy largo, tan solo deja un culín en la copa.

—Pues no sé qué decirte. Solo puedo asegurarte que ni Montse, ni Anita ni yo pudimos ser. Estábamos muy lejos de la ciudad.

— ¿Dónde?

—Lejos, hazme caso, en un pueblo a varios kilómetros

de aquí. Yo soy la única que vive tan cerca de la ciudad. Y no, no te voy a decir dónde viven las chicas. Y vale, ya me has cansado, sigues sin tener ni puñetera idea. Venga, te vas ahora mismo, guarda ese cuchillo, ¡vamos!

Nunca te acerques de un modo tan desprevenido a un tipo armado con un puñal de monte. En un segundo la tengo sujeta por la espalda y el filo en el cuello.

— ¡Tú mataste al alzacuellos!

—No fui yo, borrico, y aparta eso, ¿qué quieres? ¿descabezarme?

—Debería hacerlo, no eres mejor persona que un puto comanchero.

— ¿Puedes usar durante un minuto seguido la cabeza de arriba en vez de la de abajo? ¿Un minuto nada más?

(Ya me ha notado que se me está poniendo dura, ¡durísima!)

—Quiero que me muestres ahora mismo el arma del delito, el cuchillo de despiezar ciervos.

—Haberlo pedido el primer día, ya no lo tengo. Piensa, Samy, piensa un poco. ¿Quiénes se reunieron en el edificio de la empresa informática?

—No lo sé, pero ellos no fueron, seguro. (Estás mintiendo como un canalla, has mirado al microscopio un tapón tras otro, de las ocho botellas, y no hay una sola huella digital, ¡en ninguno de ellos!)

—Pero una mujer sola sí pudo ir con su bici, de noche por la orilla del río, entrar en la casa, matarlo como un profesional y largarse sin dejar huellas.

—Y esa mujer eres tú, criminal. Lo hiciste por venganza, por puro y simple deseo de vengarte. ¡Ni los comancheros matan con esa saña!

—No niego que tenga deseos de, ¡vale! de vengarme, de los cinco. ¿Pero no puedes entender que ante todo necesito, necesitamos saber, qué nos hicieron? Y que si hubiera estado en su casa habría sabido lo de la reunión con los otros cuatro. ¡Hubiéramos pillado a los cinco, zoquete! ¿Y ahora qué? ¿Qué tenemos, eh?

(Su lógica es impecable, me da sopas con honda esta bruja. Aprovecha unos segundos de desconcierto, estoy intentando pensar, usar la de arriba, porque la otra me duele, va a reventar el pantalón, y aflojo la presa)

Como una pantera, una cobra, una…, el caso es que se gira rápidamente y queda con rostro y labios a milímetros de los míos.

—Tengo un regalo para ti, Samy, un regalo estupendo. ¿Me puedes soltar o me clavarás el puñal en la espalda?

Efecto mágico tiene esa palabra en mí, ¡regalo!, pues mis brazos se abren en un segundo como si fueran las puertas de la cueva de Alí Babá.

—Ven, bobo. Me lleva de la mano como si fuera un niño. Y…gracias por…seguir teniendo "tanto" interés por mí. Ven.

Me lleva de vuelta a la cochera y me acerca al gran bulto sobre la mesa.

—Observa.

Observando. Destapa lo oculto y aparecen: ¡ocho jamones como ocho soles! ¡Unos jamones mayúsculos!

No sé si reír, llorar, cantar, bailar, o hacerme un paja, porque el tronco me duele de veras, pero de veras. Me ayuda a cargar los jamones en el carrito y cubrirlos con el toldillo. (Me la como, me la voy a comer a besos, ¡que me la como! Pero primero la degüellas, después la interrogas, y después… la besas)

Abro los brazos para darle un abrazo, un abrazo de gratitud, un abrazo amoroso, de oso. (A ver si cae en la trampa) Pero me la huele. Se dirige al portón, lo abre y me indica la salida.

—Es mi último regalo en mucho, mucho tiempo, Samy, acéptalo y vete. No nos veremos, seguramente, en mucho, mucho tiempo. No vuelvas por aquí, no vuelvas jamás. Mañana ya no estaré aquí, me voy.

Me gustas.

Me susurra cuando paso a su lado, cejijunto y compungido, arrastrando la bici. Debo de tener la cara de gilipollas más grande del mundo cuando la veo cerrar el portón y me despide agitando una mano y me grita:

— ¡Ojala nos volvamos a ver algún día!

Y cierra el portón.

El sonido de esa puerta de acero suena en mi corazón con más potencia que las trompetas del Apocalipsis. Me tiembla la mandíbula, me tiemblan las rodillas, casi no veo pues me tiemblan hasta las pestañas. Me subo a la bici y enciendo el motor. A casa. Directo a casa.

Era la casa de Clara, no mi casa.

Yo nunca pasé de gañan aprovechado. Va a ser lo que dijo Bapaji, que hay mujeres que ven a través de mí. Y Dara es una de ellas. Me empipo.

¡Un paraca nunca llora!

Me gritaba el sargento, una y otra vez, cuando hacíamos la instrucción y me molía a palos.

Dara.

Fría y seca.

Y espantosamente bella. Azul y bella.

Para qué quiero yo tanto jamón.

No ceno, me voy a la cama en ayunas, ¡con ocho jamones inmensos en el trastero! Me haré charcutero y dejaré la policía.

Rashomon, mi peliculón.

Hay noches, hay noches espantosas que pareciera pasar uno con demonios y furias, que no pegas ojo, que prefieres salir a la terraza a mirar las estrellas en la noche calurosa.

Dara.

El amanecer me sorprende entrevelado y tirado en el sofá. Me voy a trabajar. La ciudad necesita al Matador y El Matador necesita la ciudad. Quién lo diría.

(Y nunca pude imaginar hasta qué punto. La mañana es luminosa, un pelín fresca, incluso veo sonrisas en las gentes por las calles y plazas. Buen rollito, levanta ese ánimo, hoy será un gran día. Era la calma que antecede a la tormenta.)

Al llegar a comisaría me indican que vaya directamente a la oficina del comisario. (Igual se ha mosqueado porque ayer no aparecí por aquí. ¡Bah! Un buen taco de jamón serrano y se le pasará la bronca) En la oficina no cabe una pluma más con tantos pajarracos como hay dentro.

—¡¡Samur!! Bien, espera fuera, ahora te contaré.

No me tiene ni un minuto esperando pues la reunión termina en segundos y van desfilando el alcalde y todo su cortejo triunfal. (¿Y esas caras? Van todos arrastrando el mentón por el suelo, miradas criminales aquí y allá, uno que agarra a otro por el brazo y le va frotando como si quisiera darle ánimos. ¿Qué cojones pasa aquí?)

— ¿Samur? Ah, que ya estás aquí, ¡Peñín! ¡Roberto! A mi rabo los tres.

Y nos lleva directamente al plano de la ciudad y su zona de influencia.

—Os lo diré deprisita y corriendo, no hay tiempo que perder. Ya visteis salir a teniente coronel jefe de la Guardia Civil, es el que ha informado al concejo de la ciudad y ahora os informo yo, el tema va de comancheros. ¡Peñín no te sientes! Pero no de esas bandas de zumbados que llevamos años combatiendo, os hablo de un ejército. Sí, no me miréis con esa cara de apaplaos, un jodido ejército es lo que ha dicho el teniente coronel. Ya han evacuado El Bierzo, caravanas de supervivientes protegidos por los guardias civiles se dirigen a Astorga. El plan actual es que resistirán lo que puedan en la ciudad amurallada gracias a que tienen muchas armas y municiones procedentes del antiguo cuartel de Santocildes, pero no saben cuánto podrán aguantar y si les sobrepasaran ¡hacia aquí!

—Pero, ¡no jodas jefe! ¿Cómo van a montar un ejército esos putos descerebrados? Son caníbales, se comerán entre ellos.

—Te joderé las veces que me apetezca Peñín, que sigues siendo un puto guaje. Bien, al loro pistolos, somos cuatro, atender: desde esta mañana partiendo de la plaza de Santo Domingo la ciudad se ha dividido en cuatro sectores. Peñín, tú serás el alguacil, sí, nos vamos a llamar alguaciles desde ya mismo, de toda la zona desde el Puente de San Marcos hacia Carbajal de la Legua hasta la carretera de Asturias. ¡Roberto! Tú serás el alguacil del sector desde la carretera de Asturias hasta la rotonda de La Granja. Samur, te toca bailar con la más guapa: desde el puente de Los Leones hasta el puente del polígono de La Lastra, no te preocupes por el puente de la autovía, esta tarde lo volarán los picoletos, y también todas las pasarelas peatonales que cruzan el Bernesga. Yo me encargaré de la zona de La Lastra hasta La Granja, y de no perderos de vista pues sigo siendo el jefe de policía pero, pero, a partir de mañana estaremos todos a las órdenes de un corregidor.

— ¿Un qué?

—El puto cherif, ¿lo pillas? El Corregidor. Mañana le conoceréis, habrá reunión del concejo esta tarde para elegirlo. Aquí tenéis las listas con los hombres que quedarán al cargo de cada uno de vosotros y su sector. También tendremos que formar milicias y enseñaremos a los ciudadanos a…

— ¡Pero qué cojones de milicias! ¿Qué armas vamos a darle a la gente?

—Las que ellos tengan, Roberto, y las que vosotros les consigáis, que aquí cada perro se lame su rabo. Darles flechas y lanzas, lo que se os ocurra. Habrá que construir torretas de observación y defensa en cada puente sobre el Bernesga, empalizadas de defensa, etc. Pero nada de andar cada uno a su puta bola, tendremos al corregidor mordiéndonos el cogote de continuo. Esto que os cuento no es para mañana y que os vayáis a dormir la siesta tranquilamente, según el TeCo ese ejército estaba ayer empezando a subir el puerto del Manzanal. Estamos bajo la ley marcial de nuevo. Los que se resistan a aceptar una orden o no quieran colaborar serán fusilados y punto pelota. Venga, coger a los que pilléis y salir a recorrer las fronteras de vuestro sector, "alguaciles". Largo o empiezo a dar hostias como hogazas.

Joder con los días de sonrisas y buen rollito. De nuevo el mundo se nos viene encima. ¿Un ejército de comancheros procedente de Galicia? Nunca entenderé este puto mundo.

Bandas de chavales con sus absurdas bicicletas van de aquí para allá anunciando la buena nueva: ¡Ley Marcial! Un grupo de vecinos se cachondeaba de nosotros al vernos en el puente de los leones tomando medidas y discutiendo sobre el lugar más apropiado para levantar una torre defensiva, la risa se les pasó en minutos al oír coches eléctricos circulando con la megafonía a tope por todos los barrios del otro lado del río conminando a los vecinos a abandonar sus casas.

— ¡A partir de las 00.00 horas del día de hoy cualquier

persona que se encuentre en la orilla occidental del Bernesga
será considerada comanchero y ejecutada sin miramientos!
¡Abandonen sus casas y pasen al centro de la ciudad o serán
ejecutados! ¡Crucen el río o serán abatidos!

Se acabaron las risas, y para todos.

Caravanas de gentes y niños arrastrando sus
pertenencias cruzan por los puentes mientras los alguaciles
vamos de aquí para allá intentando hacernos una idea de lo
que se nos viene encima. Hoy sí que estoy dando pedales.
Las explosiones por las voladuras de los puentes mantienen a
toda la gente en vilo, hay algunas peleas entre vecinos pero
como hay todos los pisos vacíos que quieras y más no llegan
a gran cosa. Cortamos con hachas algunos árboles del río
para ir preparando empalizadas, algunos vecinos ayudan para
llevarse las ramas a casa.

Llegué a casa deshecho, agotado y deprimido, cuatro
cosas que llevarme a la boca, un táper de sopicaldo, agua del
botijo, ¿qué va a pasar ahora? No somos más que cuatro
jichos. Hemos aguantado más mal que bien los ataques de las
bandas de comancheros, apenas nos quedan cartuchos para
revólveres y pistolas, ¡ya! la munición de las diablas. Eso era
para cazar monstruos peludos no para enfrentarse a un
ejército de pirados.

Me voy a la cama, no puedo más.

Lánguido, me siento lánguido y derrotado.

¿Por qué? ¿Por qué?

¿Qué puedo hacer yo con unos ayudantes como el
cabeza hueca de Julián y el Champi, un veterano de la U.M.E.
que de tantos horrores como le tocó pasar terminó tan
rayado de la cabeza que no es capaz de montar a caballo o en
bicicleta. Es capaz de tirarse al río con lo que monte.

¿Por qué? ¿Por qué? ¿Qué puedo hacer yo? Necesito
dormir, dormir y no volver a despertar nunca más. Mundo de

pirados. Un lánguido Rashomon que ha agotado su existencia. Dormir, Señor.

(¡Clara! ¿Clara? ¿Ese olor? ¡Ese olor!)

Un extraño perfume me desvela en instantes incorporándome en la almohada para intentar descubrir su origen. Entra algo de luz por las ventanas de la calle y mis ojos se acostumbran poco a poco a la semioscuridad. ¡Hay alguien en casa! Ruidos.

Una persona entra en el dormitorio, lleva la típica sudadera con capucha y gorra de tenista y una enorme mochila de montañero. Se planta a los pies de la cama y baja la mochila al suelo dejándola en un rincón. Es una mujer. (¿Daisy?) Se quita la capucha y la gorra.

—Hola, Samy, ¿no te acuerdas de mí?

Ni puta idea, con esta luz no distingo los rasgos de su rostro, una larga melena. (¿Esa voz?)

Se sienta al pie de la cama y se descalza, después se quita los pantalones, la sudadera, la camiseta, ¡eh! el sujetador también. Se agacha y del bolso superior de la mochila saca un blanco camisón, cortito, un picardías, y se lo enfunda.

Fuera bragas. ¿Eh?

Se mete en la cama y pasa su brazo izquierdo bajo la almohada y acerca su rostro a centímetros del mío. (¿Ese olor? ¿A qué huele esta hembra?)

— ¿De verdad no te acuerdas de mí?

Su mano derecha va sinuosa al objetivo principal de todo hombre próvido y cabal.

— ¡Eh! ¡Que tienes la mano fría! Espera, esa melenaza, ¡Tú eres la cubana! Esto…

—Lorena, tonto, soy Lorena. ¿Puedo pasar la noche

contigo?

Antes de que pueda decir Pamplona, imposible pues su prodigiosa lengua ya está jugando con mis amígdalas y mi cabeza dura, o sea, la de abajo, ya ha tomado la decisión por la de arriba. Bueno, y total, ¿Qué iba decir yo?

(¿Ese olor?)

Mis calzoncillos salen volando hasta el pasillo, mi corazón es un caballo de carreras, mis labios y lengua no dan abasto con tantos besos y mis manos se van directos al objetivo número uno de todo hombre que se precie de serlo.

— ¡Claro, Lorena!

No habrá otro culo similar en todo el planeta.

— ¡Eres malo!

—Como la carne de pescuezo de pollo.

—Pero, tú, ¿serás lo suficientemente gayo para mí?

—Vamos a comprobarlo y a ver quién termina cacareando esta noche.

—Bueno, bueno, bueno, ¿con esto? ¿con esto? ¿No serás castrón por un casual?

— ¿Capado yo? Te vas a enterar.

(¡Guerra! ¡Guerra! Guerra sin cuartel bajo las sábanas)

Ella es la que asoma triunfadora el torso arriba mientras me monta de un modo lento y fatal.

— ¿No me quieres esperar? Aguanta, ¿no me estás oyendo?

— ¡Te estoy follendo, te estoy follendo! Digo, lo que sea, tú…sigue, sigue…que…yo aguanto.

Anaxágoras.

Anaxágoras, ya recuerdo. Decía que el sol era una bola de hierro candente, ¡candentes están mis cojones! y el lanzallamas va a soltar el chorro de un momento a otro. Pero aguantaré.

Arrogancia fatal de macho viejo el llegarse a creer que podría soportar mucho tiempo más el bombeo incesante de esta hembra inmisericorde que te pellizca los pezones, que te muerde el cuello o te araña la barriga y te sujeta y aprieta los testículos con mano de hierro hasta que a ella le venga…lo que tenga en ese cuerpo azul y hielo.

Salió.

Y un chorro tras otro que hay que calentar a esta bruja azul y deliciosa, portentosa.

¿Ese olor? Ese perfume que exhala esta mujer maravillosa.

Coco, de Chanel.

Fin.

LUKITO Y LAS CUENTAS

Remedo de fábula vasca

¡Atención! Esto no es un cuento sobre el estado insondable de la nación perpetua, y tampoco un cuento para niños, para niños que no sepan hacer cuentas. Es un cuento al estilo vasco, de pastores y sus rebaños de ovejas, de los cuentos que han estado contando a sus hijos durante cientos de años, pero pueden sacar sus propias conclusiones.

Como muchos otros en el mundo bajaban una mañana el lobo y el zorro del alto monte ramoneando por aquí y por allá; al llegar a una ancha campa a la orilla del río vieron un grupo de ovejas sin perro ni pastor que se acercaban a un abrevadero. Cuando ya el lobo iniciaba la carrera para lanzarse a degüello el zorro le paró en seco:

— ¡Espera un momento! Aún no sabemos cuántas ovejas hay en el prado. No podemos ponernos a cazar sin ton ni son.

— ¡Ahí va, Lukito! Eso está chupao. Una, dos, tres,… ¡treinta! Son treinta ovejas en total.

—Es que no sé si estarás enterado del Campeonato Mundial de Caza, porque siempre andas por el monte escondido, y si queremos ganar, que querrás, tenemos que dar muestra de cada pieza cobrada.

— ¡Ahí va, Lukito! Eso está chupao.

Y se lanzó el lobo hacia el rebaño degollando oveja tras oveja.

— ¡Y treinta! ¡Ves, Lukito!, ya matamos a todas. Después de comérnoslas iremos a por el premio. A comer.

— ¡Quieto un momento! ¿No te irás a comer la piel y la lana también? Hay que despellejarlas primero.

— ¡Ahí va, Lukito! Eso está chupao.

Y con sus fauces prodigiosas el lobo fue despellejando oveja tras oveja.

— ¡Y treinta! ¿Ves, Lukito? Ya despellejamos todas las ovejas. A comer.

— ¡Quieto, quieto, quieto un momento! Así nunca ganaremos el campeonato, es el Campeonato Mundial, ¿entiendes? ¿No querrás comerte también las vísceras? Hay que abrirlas en canal y dejarlas bien limpitas y presentadas.

— ¡Ahí va, Lukito! Eso está chupao.

Y con sus afilados caninos fue abriendo y limpiando oveja tras oveja.

— ¡Y treinta! ¿Ves, Lukito? Ya hemos limpiado de vísceras todas las ovejas. A comer.

— ¡Quieto, quieto, quieto! ¿No quieres ser el Campeón del Mundo?

—Pues claro, Lukito, pues ¿y eso?

—Pues que tenemos que matar también al carnero. ¿Lo

ves en la parte alta del prado?

— ¿Y eso porqué, Lukito, pues?

—Porque un carnero vale diez veces más que las ovejas, tú haz la cuenta.

— ¡Ahí va, Lukito! Eso está chupao. ¡Trescientas! Vale por trescientas ovejas.

Y sin atender a que el carnero ya era viejo y resabiado se lanzó el lobo pradera arriba para matarlo.

El carnero, que lo veía venir, se lanzó en rápida embestida y de un fuerte testarazo lo mandó cuatro vueltas de campana pradera abajo; dolorido pero cegado por la ilusión de ser campeón del mundo (Verás cómo me recibe ahora esa loba de Aizpuru, que siempre me hocica y rechaza, cuando le llegue este Campeón del Mundo) se lanzó de nuevo ladera arriba.

Entre mientras, el zorro iba aprovechando para vender las pieles a un pellejero de Aizkorri, la lana a un tejedor de Gasteiz, y las canales a un carnicero de Salvatierra y cuando al cabo de una hora bajó el lobo hasta el abrevadero feliz y contento por haber matado al carnero el zorro le paró antes de que pudiera ni echar un trago:

— ¡Quieto, quieto, quieto! ¿Dónde están los cuernos?

— ¿Los cuernos? ¿Qué cuernos, Lukito? ¡A comer!

— ¡Que quieto te estés! No seas bobo o perdemos el campeonato, ¿no sabes que los cuernos del carnero valen por tres ovejas? Tú echa cuentas.

— ¡Uhm! Treinta y trescientas y tres: ¡trescientas treinta y tres! ¡Ahí va, Lukito! Eso está chupao. ¡Somos los Campeones del Mundo!

Y de nuevo salió a la carrera monte arriba a buscar en el hayedo donde había dejado el carnero medio enterrado, de rápidas dentelladas (¡Qué hambre tengo! ¡Qué hambre con tanta carrera!) seccionó la cabeza del cuerpo y agarrando por uno de los cuernos entre su fuerte mandíbula bajó a la toda prisa hacia el abrevadero. El zorro había aprovechado para cruzar el río y cobrar por el rebaño así que cuando vio llegar al lobo a la otra orilla le saludó levantando el rabo.

— ¿Tú ves, Lukito? ¡Somos los Campeones! Qué tontas son las ovejas, ni se meneaban cuando las cazábamos, ¡a comer! ¿A comer? ¿A…comer?

—Ya, ya, ya, no todo el mundo es tan inteligente como tú, que sabes hacer cuentas, ¡Campeón! Para comer vuelves monte arriba y te meriendas al viejo carnero. Ya sabes: De la mar el mero, y de las carnes ¡el carnero! Agur, Campeón, que eres el Campeón.

Y se largó tan contento el viejo Lukito a su madriguera llevando colgando del hocico una saca cargada de monedas de plata y meneando el rabo bien alto.

Si eso fue así,

Métase en la calabaza,

Y salga

En la plaza de Vitoria.

Fin

Escrito en unos días que pasé de vacaciones en Vitoria con Aurora.

El FONDO OSCURO

Murió, el pobre hombre murió.

Y cuando despertó El Fondo Oscuro seguía allí.

Fin

METAMORFOS INSÓLITOS VISITAN NUESTROS HANGARES

Mundo insólito y canalla. Pudimos cargarnos a toda una raza humanoidea con gran facilidad, pero ¡nos pudo la risa! Nunca nos creerán.

Ustedes, amables lectores, ¿saben o se imaginan cuántas veces nuestra amada humanidad ha estado a punto de alcanzar la extinción total y absoluta en las últimas décadas? ¿No? ¿No? ¿De veras? Pues no dejen de leer esta pequeña historia y así se quitaran una buena venda de los ojos.

Noche de sábado en la Unión de Repúblicas Extraordinarias, noche estrellada, sideral, noche prodigiosa en las estepas ukranionas y en los bosques cercanos. En las ciudades de la zona las gentes se concentran ante los televisores para ver un partido de soccer, es la semifinal de la Copa de Europiya, y la gran Unión de Repúblicas Populares puede llevársela; pero tiene que ganar antes este partido. Corre el vodka y la cerveza desaparece rápidamente en turbios gaznates, hay ambiente de jolgorio general; su equipo puede ganar el partido.

Nadie aprecia ni se apercibe de una estrella roja y pulsante de un modo rítmico, preciso, constante, con destellos verdeazulados e incluso adamascados que baja del cielo hasta posarse en un soto cercano a La Base. ¿Quién iba a mirar en esa dirección? ¿Qué hay allí? ¿Un bosque y una charca donde se crían las ranas? ¿Quién podría preocuparse en una noche así? Para eso están los militares que tienen buenos radares.

Pero en La Base de misiles intercontinentales Smolenskaya Arbat nadie observa algo extraño y cuando se acercan las 22.00 horas proceden al cambio de guardia.

— ¿Novedades?

— ¡Sin novedad, mi sargento!

Y así un puesto tras otro, garita tras garita, por todo el cercado exterior de La Base y los puestos interiores. ¿Y los radares? Bah, algún ping de vez en cuando, vuelos de aves, lo de siempre.

— ¿Novedades?

— ¡Sin novedad, mi teniente!

Así uno tras otro en los puestos cruciales de los silos y controles de misiles nucleares. ¿Los ordenadores? ¿Las transmisiones? Lo mismo de siempre, algún paquete de bits rebotado o extraviado en las madejas de equipos y cables.

— ¿Novedades?

— ¡Sin novedad, mi capitán!

El capitán de servicio de cuartel en esta noche infausta da el parte novedades a las 22.20 horas, hora de Sebastopol, al Coronel Jefe de La Base y este lo pasa al Control Central de Misiles Nucleares.

—Que pasen buena noche, camaradas.

Es el mensaje que recibe a cambio en el papel perforado que su teletipo escupe.

Noche de rutina, pena de no estar viendo el partido en la televisión. ¿Cómo habrá terminado? Bueno, nos enteraremos en el cambio de turno, a seguir con el papeleo, otra noche en calma tensa, pues las aguas de la política siguen turbias y revueltas. Mejor estar aquí con mi perrito Pushkin a los pies, siempre puedo abrir la ventana y sentir los olores del bosque que no estar metido en un submarino posado en los fondos oscuros del Mar Báltico. Este destino es mucho mejor, ¡dónde vas a parar! puedes mirar las estrellas cuando te venga en gana; aquí se puede fumar y respirar a tus anchas.

Que pasen las horas, que en cuanto me venga el relevo me largo de pesca con mi cuñado Vladimir.

Ni las truchas ni las ranas se alteran en la noche esteparia. Reina la calma y tan solo algunos venados han abandonado a la carrera el bosque, asustados por una claridad muy extraña en su zona más densa y cerrada. ¿Un fuego?

— ¿Los tienes en tu rastreador?

—Toda la instalación está completamente escaneada y bajo control. Ciento veinte humanoides, la mitad de ellos inconscientes, y doce animales de compañía, de los que llaman perros, de los cuales tan solo uno está despierto. ¿Qué tienes tú? ¿Qué guardan en esos hoyos profundos?

—Estoy escaneando sus cerebros primitivos, tendré un concepto aproximado en unos instantes. Muestran temor y recelo a dar voluntariamente cualquier tipo de información. ¿Sus instrumentos están operativos?

—Chequeados completamente, son pedestres, de una simplicidad asombrosa, pero eficaces; sistemas de control redundantes y de inseguridad alarmante, ineficaces. Mis nietos juegan con equipos muchísimo más avanzados. Sigue con tu exploración intensiva; tenemos informes incompletos y poco fiables sobre el comportamiento de las gentes de este planeta prodigioso y atrasado.

Los primeros en notar una suerte de "vibraciones extrasensoriales" fueron los soldados del Cuerpo de Guardia Exterior; algunos jugaban al ajedrez y otros leían revistas patrióticas. Comenzaron a sentir como que se les removían sus enormes gorras de plato sobre sus rubias cabezas. El cabo de guardia dio la alerta:

—¡¡Pelotón!! A las armas. Permanezcan en sus puestos, avisaré al sargento de guardia.

El sargento estaba repantigado con los pies sobre la mesa de su cuarto revisando un revista también, de algún modo, patriótica, muy patriótica.

— ¡Vaya, chavalas! De alguna me llegaran sus caderas por las orejas. Mi próximo destino voy a pedirlo a Tayikistán, que son todas pelirrojas. ¡Uff! ¡Eh! ¡¡Cabo!! ¿Cómo entra sin llamar a la puerta? ¿Novedades?

— ¡A la orden de mi sargento! Estamos notando, señor, "vibraciones extrasensoriales", señor. El pelotón está formado y armado en la puerta del Cuerpo de Guardia dispuesto para recibir órdenes.

— ¡¿Vibraciones?! ¿Extra qué? ¿El pelotón armado y formado? Mira, cabo chungo, como pille una botella de vodka en el Cuerpo de Guardia te vas a pasar cuarenta años haciendo garitas en una base secreta en la costa del Mar de Chukchi; te aviso. Pasemos revista a la tropa; verás tú cómo vibran esos gandules.

Pero mientras el sargento revisaba bocachas impolutas y cargadores cartucho por cartucho del pelotón de guardia los ordenadores comenzaban a operar como siguiendo

secuencias extrañas, inapropiadas, sorprendentes, y el
teniente Armankoff, que también estaba mirando una revista
patriótica, la deja caer de improviso al suelo y se sube
rápidamente la bragueta. Algo ha visto por el amplio ventanal
que da al cuarto de ordenadores que le ha sorprendido y sale
a la carrera hacia los aparatos.

El pájaro en su nido nunca dejará de piar, viejo dicho
caucasiano.

Comenzó a azuzar y espabilar a su equipo de
controladores para enterarse de lo que estaba pasando. Silla
por silla, pupitre por pupitre, fue revisando uno a uno a
todos los controladores de los silos de misiles.

— ¿Qué ocurre? ¿Alguien me lo puede explicar?

—Mi teniente Armankoff, Anatoli Vladimirovich,
¿usted sabe si nuestros potentes ordenadores son también
adictos al vodka?

— ¿Los ordenadores? ¿Al vodka? ¡¡Sergei Miátlev!!
Explíquese, raudamente.

—Se comportan como si estuviesen borrachos, mi
teniente. Otra explicación no tenemos. Comienzan
secuencias, aparecen desarrollos de instrucciones
desconocidas; incluso surgen de improviso subrutinas que no
sabemos para qué sirven.

— ¿En conclusión?

—Estamos siendo controlados desde fuera de La Base,
mi teniente.

—De acuerdo, pasamos inmediatamente a situación de
alerta redundante. ¡Que nadie abandone su puesto! Si alguno
tiene que orinar que se lo haga en los pantalones. Voy a
avisar al capitán de cuartel ahora. ¡Y se prohíbe fumar desde
ya mismo!

El capitán de cuartel de servicio esta noche es un tipo bregado en cien batallas misilísticas, ya ha pasado por un docena de alertas máximas con una mano en el teléfono del Alto Mando de Misiles y la otra en el botón que pondría los enormes misiles balísticos intercontinentales a punto de salir eyectados hacia su destino programado: otras bases similares a la suya extendidas por las fértiles y maravillosas praderas de Arkansas, Tejas, y Nuevo Méjico. Bueno, así se ven en las películas de vaqueros.

Allí es donde pastan los hermosos caballos y beben wisky sus héroes prometeicos: John Wayne y Charlton Heston; aunque últimamente le tira más Richard Widmark en el papel del capitán Archer de El ocaso de los Cheyennes; sí, ese es el papel de su vida. Eso es un auténtico caucasiano, como yo, como mi padre.

Allí, a la tierra de los Cheyennes y los Navajos irán a parar nuestros pajaritos de la muerte. No quedará ni un ser vivo desde Montana hasta el sur del Río Grande, ni uno en cuanto despeguen. Y en las tierras vecinas durarán poco tiempo.

— ¿Se puede saber qué ocurre, mi sargento de guardia? Nikolai Pávlovich, le recuerdo que está de guardia, no cazando patos.

—El cuerpo de guardia está asegurado, mi capitán; reportan desde las garitas del bosque luces insospechadas entre los árboles, el pelotón de la guardia exterior acusa "actividad extrasensorial" y…

— ¿Extra qué...? ¡Uhm!

—Armas de control mental, me temo mi capitán, se están utilizando sobre esta Base.

—¡¡Firmes!! ¿Control mental? ¿Pero usted se cree todas esas tonterías que vienen en las revistas patrióticas? ¡¡Teniente Bolokin!! Me acompaña usted al sargento y se van ahora mismo hasta las garitas que han reportado señales luminosas exteriores. ¿Qué ocurre, asistente Mirikoff?

—Señor, avisan del Control Principal de los Silos.

— ¿Y?

—Los ordenadores no responden a nuestras acciones, están siendo atacados desde el exterior de algún modo. Tememos perder el control.

— ¿Tememos? ¿Quién es el mamoncete que está esta noche en el agujero?

—Armankoff, mi señor capitán.

— ¡El lírico! ¿Gogui Armankoff? ¿El que le escribe poemas a su novia turkmenistana? Voy a bajar hasta allí y ¡como vea una lucecita en rojo donde no debe ese teniente va a pasar el resto de su vida mandando poemas desde la cima del Monte Elbrus!

—Es que su novia, mi capitán, fue proclamada miss Ashgabat esta primavera y...

— ¡Es un teniente de la Fuerza de Misiles Estratégicos de la Unión de Repúblicas Socialistas...!

— ¡Que es un pibón, mi capitán!

—En su pueblo con que no tengan barba ya les parecen guapas, pero, ¿qué suena?

La alarma se va extendiendo por toda La Base y los controladores de misiles escuchan órdenes en sonido cuadrafónico:

—¡¡No-podemos-perder-el -control!!

Pero es inútil; ya pueden teclear instrucciones, desmontar tarjetas, desarrollar nuevos algoritmos, recalibrar aparatos, algo, desde fuera de La Base, ha tomado el control de los misiles nucleares y los está armando y activando para ser lanzados hacia sus objetivos programados.

10, 20, 30, ¡no! 40 misiles están ya fuera de control humano y se preparan para despegar. Se inicia la secuencia de salida. Treinta minutos para ignición. El capitán pide instrucciones al comandante de servicio, este a su coronel y el susodicho habla por "un canal seguro" con su general:

—Camarada general, ¿no estarán usando una máquina de control mental con mis hombres, verdad? Pregunto humildemente.

— ¿Quiénes? ¿Los capitalistas? Ellos no tienen esa tecnología; sabemos que su horrible presidente, el infame Clitorix, cortó la financiación a sus "Servicios Especiales" después del ridículo espantoso que hicieron en Cuba. Estamos bien informados y completamente seguros.

—Entonces, ¿son de los nuestros? ¿Contraespionaje? ¿Contrarrevolucionarios? ¡¿Quién está jodiendo a mis soldados?! Humilladamente le pregunto, mi general.

—Tranquilo, mi coronel Serguei Kikvadze; Serge, amigo, tranquilo. No pierda la calma. Consultaré con un par de contactos en el Consejo Supremo de Seguridad Nacional. Les sacaré de sus dachas a patadas si es necesario en plena noche.

—Esperaré sus órdenes, mi general; pero no tarde mucho en averiguarlo pues tengo ya cuarenta misiles armados, ¡todos los que están auténticamente operativos! Y se ha iniciado la cuenta atrás. Nos quedan… ¡25 minutos escasos!

Mientras el coronel espera instrucciones con una mano en el teléfono y la otra en la cafetera en una garita exterior un atónito centinela da el alto a una pareja de caminantes nocturnos que llegan hasta su puesto procedentes de la luminosidad inquietante del bosque. Al Alto quien va y el santo y seña responden con la contraseña acordada esta noche. ¿?

Llevan uniformes militares idénticos al suyo, no portan armas de fuego a la vista, pero tampoco llevan insignias ni galones ni la bandera de La Unión en sus chaquetones. ¿? ¿Sombreros de campaña? ¿Oficiales? Por el gran Tolstoi, ¡qué tamaño tienen!

— ¿Cómo venís andando desde el bosque y sin linterna? ¿A qué servicio pertenecéis? —Y les ofrece un cigarrillo.

—Contrainteligencia de La Base; no se preocupe y siga en su puesto, soldado. No, no fumamos.

— ¿Espías? Joder, ya era lo que me faltaba por ver. Esperen aquí que ya llega el sargento de guardia.

Un vehículo militar llega en segundos y tras una breve conversación da la vuelta y se dirige hacia los edificios de Servicio de Control de Misiles, se estaciona ante la puerta de emergencia y los dos misteriosos soldados ¿oficiales de contrainsurgencias? Se bajan, llaman, y les abren la puerta para que entren.

El teniente de servicio en esa entrada intenta retenerlos mientras espera instrucciones superiores. Las luces de emergencia lucen locas, se oyen carreras desbocadas de botas militares y órdenes ladradas de pasillo a pasillo. A pesar de que las identificaciones están en regla un ligero acento extraño hace desconfiar al apurado teniente:

— ¡Un momento, camaradas! ¿Vosotros de dónde sois?

— ¡Eh! ¡Ah, sí! Venimos de Ji Brasil, camarada.

— ¡De Brasil! ¡Mulatas! ¡¡Sócrates!!

— ¿Pregunta por el sabio griego, camarada?

— ¡No! ¡El futbolista! El que marca los penaltis de tacón. ¿No ibais al fútbol? ¿En Brasil?

—Oh, no, no; nosotros solo hacemos labores

inteligentes.

—Claro, claro, ¡la inteligencia! (Guiño y gesto de: ¡con las mulatas de la playa!) Paso franco a estos dos grandes rivales del inmoral James Bond.

Ambos le sacan más de la cabeza al ignorante oficial. ¿Siberianos? No con esa cara. ¿Lituanos? Primos hermanos del gran Tkachenko, Vladimir Tkachenko, nuestro gran pívot. Sí, va a ser eso; estos dos podrían jugar en nuestra imparable Selección Nacional de Baloncesto. Qué pena que sean espías.

Los contraespías van de pasillo en pasillo y de nivel en nivel hasta llegar al centro computerizado de control de misiles intercontinentales. Un oficial sale de la sala despavorido desabrochándose los pantalones a la carrera hacia los servicios dejando la puerta abierta: la escena es dantesca. Un teniente va dando la cuenta atrás en voz alta:

— ¡Diez minutos!

El capitán da patadas a los pupitres y a algún programador que le pone el culo a tiro. Dos ingenieros electrónicos están tirados en el suelo con la cabeza metida entre cables y tarjetas de circuitos bajo un pupitre, otro ingeniero está desmontando válvulas de vacío y revisando una por una en un comprobador portátil.

—¡¡Yugoslava!! Y lanza la válvula contra el techo. — ¡¡Nuestra Gloriosa Unión de Repúblicas camina hacia el abismo!! Y la sustituye por otra que lleva en una caja.

Nada; la cuenta atrás no se interrumpe.

—Nueve minutos, dice el cantante de la cuenta atrás con su voz de bajo siberiano.

Un programador lleva tiras de papel perforado por los hombros como si fuera un nuevo Laocoonte y con sus gafas de culo de botella de Kvas va revisando agujero tras agujero, perforación por perforación, de una tira tras otra, varios rollos se enredan en sus pies y amenazan con subirse por sus piernas y arrastrarle al Mar de Aral. Hace una seña a los contraespías como diciendo: ¡Estos son unos inútiles! Algún algoritmo mal implementado en el árbol de instrucciones y nos han incrustado una alarma general. Esto nos pasa por utilizar lenguajes de programación pirateados a los hijos de Clítorix, ese infame profanador de estrellas maravillosas y cinematográficas, en vez de utilizar los conocimientos de nuestros extraordinarios matemáticos.

– ¿Juega usted al ajedrez, camarada programador?

– ¿Que si juego? ¡Tengo un Elo superior a 2.000!

–Se le nota, camarada, se le nota; prosiga, prosiga con su investigación.

En otro rincón un ingeniero electromecánico tiene desmontado un panel y medio y prueba los contactos de los pulsadores y lucecitas llevándose los cables a la lengua.

–¡¡Vodka!! ¿No queda vodka en esta pocilga? Esto lo arreglo yo como que me llamo Modest. Modest Víctorovich Zhiltsovich, grabaros mi nombre en los bíceps, ¡inútiles! Que sois unos inútiles, y los electrónicos: ¡unos incapaces! Este va a ser el que fallaba, seguro que era este contacto.

Nada, continúa la cuenta atrás.

–Ocho minutos para el despegue, camaradas.

El capitán grita, grita, brama y suda, suda más que si estuviera en una banya, pero en vez una rama de abedul utiliza tochos de expedientes para sacudirse, a él y a todo se le pone al alcance.

Los equipos sufren ahora un nuevo ataque y comienzan a fallar, incluso el contador que lleva la cuenta atrás se apaga, pero el capitán permanece inmutable en medio del marasmo general; la sauna patriótica le está sentando bien; exultante. Otra medalla que le van a colgar de la pechera. Saca del bolso interior de su chaquetón un viejo reloj cronómetro que recibió por su mayoría de edad de manos de su padre ferroviario cuando aún vivían en Irkutsk y le llevaba los fines de semana a pescar al Lago Baikal. Hay que darle cuerda cada día, pero le ha sacado de más de un apuro, y de dos; sobretodo estando de maniobras encubiertas en la frontera sur de Turkmenistán, y más al sur aún.

—Toma, cantante, sigue la cuenta atrás exacta con esto, pero no lo toques o te descerrajo el cargador completo de mi pistola reglamentaria en el cerebro.

— ¡Eh! ¡Ya! A la orden de mi capitán. ¡Seis minutos!

No hay conexión telemática con el exterior; un silencio escabroso, pegajoso, se apodera de la gran sala de control, la esperanza se difumina, el temor anida en los bajos fondos humanos como una niebla difusa y casi sólida; alguno se descalza.

¿El teléfono interior? Aún da señal.

Llamada in extremis al Puesto de Mando de La Base.

Señal de comunicando.

¿Cuánto tiempo nos queda?

—Cinco minutos. "Son cinco minutos, la vida es eterna en cinco minutos…" El teniente cantante, jefe de programadores, se pone a cantar en español imitando a Víctor Jara falseando su vozarrón siberiano. "Te recuerdo Amanda…"

—¡¡¡Silencio!!! Prosit, nos quedan cinco putos minutos ¡y no quiero melancolías! Debería estar de vacaciones en Dresde tomando buenas jarras de cerveza, bueno, deberíamos estar todos allí. Sí, en Dresde o más lejos aún.

El capitán está sentado en una mesa con el teléfono en una mano y la gorra en la otra. Los gestos de su rostro pasan constantemente de la desesperación al pánico y los hombres a su mando cambian su temperamento al mismo ritmo que sus muecas. La pareja de Tkachenkos comprende en instantes que allí no hay nada que puedan hacer y abandonan la estancia silenciosamente; caminan por los pasillos con su tranquilo paso de mastodontes imperturbables y salen del edificio hacia unos hangares cercanos para contemplar el despegue de los misiles intercontinentales.

En la puerta ven a un oficial jugando con un animal, uno de esos que llaman "perro"; aunque hay tropas corriendo de aquí para allá y vehículos militares zumbando de un sitio para otro este hombre parece ajeno por completo al maremágnum general.

— (¿Quién puede ser?)

— (Hombre de mando; un momento: Coronel Jefe de La Base esta noche)

— (¡El hombre al mando!)

— (Sí, interesante; toda su atención está volcada con su perro: acerquémonos)

— ¡Coronel! A sus órdenes.

El coronel, que ha soltado la correa para que Pushkin pueda corretear libremente se gira al instante para devolver el saludo y se queda observando con extrañeza a la asombrosa pareja de gigantes cabezudos.

— ¿Ustedes sirven a mis órdenes? No recuerdo haberlos visto jamás. ¿A qué servicio pertenecen? ¿Por qué no llevan insignias ni indicativos en...?

—Contrainteligencia, mi coronel.

— (¿Estos dos que son, letones? No reconozco ese acento) ¿Quién es usted?

197

— ¿Yo? Yo es un otro.

—¿? ¡Ah! Y su compañero es un otro-otro yo. Claro, claro, les enseñan a cambiar de conciencia para poder llevar a cabo sus labores de…inteligencia.

—Eso es, coronel, somos metamorfos.

— ¿Meta…? Claro, claro, espías o contraespías o lo que ordene el mando superior. Que interesante.

—Usted ve las cosas con total claridad.

—Aquí y ahora el único que ve bien es Pushkin.

— ¿Pushkin? ¿Nos habla en este momento de poesía, coronel? Que interesante.

—No, hombre, el poeta no, ¡mi perro! Le puse ese nombre cuando me encargaron de su custodia.

El perro, aún más ajeno si cabe que el dueño de las humanas tonterías, corre de aquí para allá, saltando, brincando, jugueteando con una pelotita y haciendo las típicas gracias perrunas.

— (Dos minutos, según hacen ellos la cuenta, para el despegue)

— (Desde este lugar veremos perfectamente el espectáculo)

Uno de los Tkachenkos le da una patada a la pelotita e inmediatamente el perro corre a traérsela para que se la lance de nuevo, al tercer lanzamiento al perro no se le ocurre otra cosa que lamerle la mano al gigantón en señal de agradecimiento.

— (¿Qué ocurre? ¿Qué te está ocurriendo? Te percibo extraño, ente compañero)

—(Es, es, es una reacción, una reacción a algo, algo que…) Y el ente se pone a reír descontroladamente y coge la pelota del suelo y se la vuelve a lanzar a Pushkin. (Deberías probar esta reacción, ¡tienes que probarla!)

Segundos después las carcajadas eufóricas y sincopadas resuenan por todo el hangar. Pushkin redobla sus esfuerzos para acabar con el enemigo mordiéndoles en los bajos de los pantalones, tirándoles de los cordones de las botas, lamiéndoles las manos, etc., etc., etc.

El que no tiene perro no sabe de lo que son capaces esos monstruos de cuatro patas.

Con las manos en el vientre uno de los cabezones se aleja un poco y le grita al coronel:

— ¿De dónde es usted?

—Nací en Kazán, de La Estepa soy.

— ¡Muy ricos los polvorones! Grita el segundo contraespía y se aleja tras el primero intentando contener risas y carcajadas a partes iguales.

Paran imperiosamente un vehículo militar (resulta ser el mismo sargento de guardia que está dando vueltas por el perímetro exterior) y ordenan que les lleven al punto exacto donde fueron recogidos. El centinela tan solo asoma la jeta por la puerta de la garita y observa sobrecogido como la extraña pareja desciende del Lada militar y se encamina hacia el bosque por el mismo sendero por el que aparecieron tan solo hace unos minutos, le hace una seña a su sargento a lo que este responde quitándose la gorra y rascándose la coronilla. ¡Con la que está cayendo y estos tíos no paran de descojonarse!

Les ven perfectamente, al par de paquidermos insondables, caminando a grandes y lentas zancadas iluminados por los focos del coche. Se encaminan directamente hacia la extraña claridad rosada y palpitante en lo profundo del bosque y…

Y de repente los Tkachenkos parecen disolverse y se derrumban hacia atrás todo lo largos que son. El sargento inicia una carrera para ver qué puede haberles ocurrido pero antes de que haya dado ni seis zancadas se frena en seco al ver como un par de seres ¿calvos? ¿esas cabezas? Cubiertos con una larga túnica de un blanco inmaculado, ¿pero si se cayeron al barro? se yerguen ante sus ojos y continúan caminando impasible el ademan.

Antes de que transcurran cinco minutos, el sargento está reportando a voces por la radio y el centinela que ha bajado de la garita para echar un cigarro con el conductor del Lada, ven que una esfera luminosa se eleva sobre las copas de los árboles, se desplaza sobre ellas con la suavidad de una pompa de jabón y lentamente comienza a elevarse como un farolillo chino volador. Una serie de luces parpadeantes en su parte inferior es lo último que alcanzan a ver pues en segundos: ¡zum! La esfera desaparece en el cielo estrellado como si nunca hubiera existido.

¿Lo soñamos?

Tal vez, pero el sargento hizo el parte correspondiente y la cuenta atrás fatídica paró cuando solo faltaban veintidós segundos para el despegue de los misiles y pasaron dos meses hasta que La Base recuperó su anterior normalidad.

Aún un mes más tarde el gran Mariscal de la Fuerza de Misiles Estratégicos de la Unión de Repúblicas Socialistas Anticapitalistas Populares (S.M.F.U.S.S.R.P.A. en lenguaje nato) Anatoli Mijaíl Ribakof, Micha para los amigos, repasa verbalmente con el coronel el informe "secreto" del incidente que le han remitido recientemente. Punto por punto, paso por paso, rincón por rincón, oficial o soldado raso pasan por su escrutinio; por cierto, vibran, ¡vaya que si

ahora vibran! Nadie quiere pasar el resto de su vida militar
haciendo guardias en el Círculo Polar Ártico. O más allá.

— ¿Me quiere hacer creer, Serge, que esto es lo que
sucedió? Señalando el grueso informe que lleva en las manos.

—No tengo la menor intención de ocultarte nada
Micha, me conoces bien.

—Que, que unos metaformos insólitos pasearon por
nuestros hangares…

—Metamorfos, mariscal, metamorfos.

— ¡Metaformos! Aquí solo vale lo yo diga. ¿Aquí
mismo?

—Y jugaron con el perro.

— ¿Con…Pushkin? Mira, mi querido Serge, esto nunca
sucedió, este informe me lo llevo conmigo ¡y nunca nadie
dirá o escribirá palabra alguna sobre este tema! ¿Entendido?

(¡Metaformos jugando con Pushkin! Esto nunca
sucedió, jamás, y además es imposible. Nadie se creería esta
historia ni borracho. Enterraré este informe en la Siberia
profunda. ¡NO-PUEDE-SER!)

Pero fue así como sucedió realmente. Tal y cómo os lo
contamos.

Los metamorfos, con toda su extraordinaria tecnología
y su avanzada psicología, no fueron capaces de detectar un
pequeño detalle, su concepción de la conciencia como una
emanación geométrica de la materia viva no acepta que un
animal cuadrúpedo tenga capacidades parasimpáticas
superiores, pero superiores, muy superiores a las suyas y
Laika-Pushkin les olió la jugada que estaban llevando a cabo
con toda la mala intención de la galaxia

¡Y contraatacó!

¡Es nuestro secreto, vale!

Pushkin no es un perro normal, normal, vamos normal y corriente, y los Tkachenkos no se dieron cuenta. No sabían nada de perros.

Es el segundo perro, sí, ¿verdad?, el segundo, al que le ha sido trasplantada la cabeza de Laika, nuestra maravillosa perrita exploradora espacial. Discípulos del gran Serguey Briujonenko y su continuador Vladimir Demikhov han trasplantado ya en dos ocasiones la cabeza de Laika a otros perros para que su conciencia y conocimientos no se pierdan.

Y lo seguirán haciendo en cuanto Pushkin y sucesores den muestras de agotamiento. Porque, en realidad, esta no fue la primera vez que Laika salvó a la especie humana.

Pero, bueno, otro día os lo contaremos. (Es que ahora nos da la risa)

Fin

Este sencillo cuento está dedicado a la memoria del gran escritor ruso de ciencia ficción Viktor Saparin.

EL FOTOGRAMA

Murió.

El pobre hombre murió, y al despertarse descubrió que toda su vida no había sido otra cosa que un fotograma en una larguísima película.

Y era de terror.

El NIÑO QUE TENÍA UNA SERPIENTE EN SU CABEZA

En ocasiones tenemos visitas que por más agradables que sean las personas que recibimos terminan resultando devastadoras, en muchos sentidos. Este cuento es prototípico de este tipo de casos, todo les fue mal a los protagonistas tras su encuentro; y ni siquiera llegaron a darse un besito.

—Interesante sistema planetario.

—Sus cuatro planetas gigantes guardan una correlación impresionante.

—Su estrella blanca es prototípica; muy similar a nuestro sol. Debemos acercarnos más; quizás existan planetas rocosos.

—Cierto, Inteligencia detecta niveles anormales de magnetismo singular en un punto al otro lado de la estrella. Deberíamos investigar. Acerquémonos.

Surgiendo desaceleradamente de las oscuridades del gran río galáctico una extraña nave estelar se aproxima sigilosa a un planeta ignorado, no registrado en ninguna carta cósmica de nuestro inmenso imperio galáctico; tal vez otra raza rival haya tenido ya contacto o noción de un lugar habitable en esta zona alejada e inhóspita. Su huella magnetotérmica es muy débil, imposible de detectar debido al barrido sistemático que los cuatro planetas gaseosos hacen del sistema planetario. Pero tal vez se encuentren signos de vida vegetal en algún planeta rocoso.

—Detectado enjambre.

—Planeta rocoso detectado, su albedo indica posibilidad de agua, el enjambre se dirige allí.

—Signos débiles de vida térmica bajo las capas de nubes que cubren el planeta.

—Magnetismo fluctuante en varias capas protegiendo la superficie. ¡Grandes territorios de agua! Buenas probabilidades de haber encontrado un planeta vivo. Necesitamos acercarnos a su superficie. Ya tengo la traza exacta del campo exterior; veamos su superficie.

—Enjambres asombrosos en varios puntos de ruptura de las espirales magnéticas. Este planeta es un semillero, pero, ¿de qué tipo de formas de vida?

—Seguimos acercándonos a la superficie planetaria. ¡Agua! Inmensas cantidades de agua cubren su mayor parte y hay fluctuaciones magnéticas impresionantes entre polo y polo.

— ¿Y eso? ¿Esas luces en las zonas terrestres?

— ¿A que luces te refieres? ¿Enjambres a baja altura?

—No, mirar por la ventana; ahora que estamos pasando por la zona de sombra se distinguen perfectamente, repartidas por todas las zonas de tierra firme. Especialmente acusadas en las zonas costeras.

—Bien, tenemos actividad térmica innegable en este rincón perdido de la galaxia. Voy a reportar inmediatamente a La Base: ¡Heil!

Mientras la comandante Sigrida comunica a sus superiores el hallazgo por el circuito de comunicaciones exteriores Inteligencia dirige la nave hacia una península al extremo del mayor de los continentes, en la zona soleada; mejor ver dónde te posas por primera vez en un planeta desconocido.

—Indudables construcciones térmicas, algunas tienen un tamaño considerable.

—Bien, sea cual sea la forma de vida constructora es evidente que tiene actividad térmica.

—Busquemos un lugar apropiado para descender; no podemos posarnos en medio de un termitero de una raza desconocida. ¿Inteligencia?

—Sí, nos posaremos en el borde de ese pequeño centro térmico.

— ¡Atención! La Base ordena asegurarnos de que tipo de forma de vida ha colonizado por completo este planeta. Cautela máxima. Trajes y armas de combate desde este mismo momento. ¿Cómo es su atmósfera?

—Tendré los datos completos en cuanto nos hayamos posado, pero es indudable que hay bastante oxígeno y anhídrido carbónico, muchísimo vapor de agua a simple vista condensándose en nubes inmensas.

La nave estelar se posa cerca de un grupo de edificaciones observando los campos roturados, las plantaciones de árboles de varios tipos diferenciados, canalizaciones de agua, ¿Y eso? ¡Actividad magnética de tipo industrial!

—Es una raza con algún tipo de inteligencia.

—Es indudable, conocen el magnetismo, aunque solo sea de un modo muy básico. Las lecturas son claras al respecto.

—Debemos interactuar con alguno de estos térmicos avanzados.

—En ese camino entre los árboles se observa un par de especímenes. Uno es bípedo y el otro cuadrúpedo.

—Acerquémonos con cautela y esperémosles en esa zona de pradera tras ese recodo despejado del camino.

Un niño va caminando por el soto acompañado de su perro y botando un balón de piel curtida, es una soleada tarde de verano, y no es consciente de lo que se le avecina hasta que comienza a sentir un sonido similar a un enjambre de avispas; el chucho también lo percibe y ambos se ponen alerta intentando averiguar de dónde procede. Al llegar a la altura del prado del tío Toribio, como hace unos años taló los chopos del lindero se puede ver con nitidez a varios kilómetros de distancia, y lo que está produciendo ese sonido alarmante es una máquina. Una máquina de un tamaño superior a tres camiones aparcados uno tras otro, de una forma que recuerda la tapa de una olla exprés, con grandes ventanas circulares como las de los barcos, posada sobre cuatro grandes pies metálicos en medio del prado del tío Toribio. Una escalera en rampa ven aparecer saliendo de una puerta que parece haber surgido de improviso en la superficie de la nave y un ser sale de la oquedad y comienza a bajar por los escalones. El perro sale corriendo y el niño pierde el balón que se le cae de las manos debido al susto, algo extraño le impide salir también corriendo: ¡es el deseo de saber!

Se queda mirando, mirando, intentando comprender. ¡Debe de ser un militar por su traje marrón oscuro y la pistola que lleva al cinto! Y tiene casco de aviador como los que salen en las películas de cine; pero no le ve la cara por el reflejo del sol, tan solo un par de pequeñas antenas a ambos lados, a la altura de los oídos. ¿Será americano? Yo me sé casi todas las banderas del mundo, pero su traje no tiene bandera, tan solo un escudo sobre la zona del corazón con la forma de un casco con antenas y una cara.

—Seyfret, ¿lo tienes?

—Afirmativo, Sigrida, el cuadrúpedo escapó. Es un espécimen muy joven, barbilampiño, parece asustado, y es muy, muy, pero que muy similar a nosotros.

— ¿Qué quieres decir? ¿Similar en qué sentido? ¿Por qué es bípedo?

—Porque casi podría ser hijo tuyo. Tenéis el mismo tono de cabello y piel clara. No llores, pequeño, ven conmigo, no te haremos daño.

El niño no entiende el extraño idioma en que le habla el astronauta y no puede evitar que se le salten las lágrimas (¿Miedo? Mucho) pero ya puede ver el rostro del señor que se agacha hasta su altura y con sus guantes, finos, como de tela de chubasquero, le quita los lagrimones de la cara. Colocándole una mano sobre el hombro le indica con firmeza pero sin forzar que le acompañe a la nave y el niño obedece con cierta inquietud, (me tiemblan mucho las rodillas, ¡bah! También me pasa cuando me tiran un penalti, y después los paro casi todos)

— ¡Inteligencia! Ya estamos dentro, procedo a cerrar puerta exterior.

—Debe esperar, Seyfret, a que concluya el proceso de irradiación. ¿Reacciones en el sujeto?

—Ha dejado de llorar, sonríe, ¡ja!

—Irradiación completada, puede entrarlo en Control.

El muchacho entra dócilmente en la gran sala circular y se deja conducir hasta la presencia de la comandante Sigrida que al verlo llegar abandona temporalmente los mandos de la nave; al parecer le llaman poderosamente la atención los paneles informativos de mando con sus cambiantes señales luminosas.

— ¿Qué tenemos aquí, Seyfret? ¿Piensas que será capaz de asimilar algo? ¿Tal vez será capaz de comunicarse de algún modo? ¿Porta algún ingenio industrial?

—Nada, Sigrida, apenas una camiseta y pantalones cortos, calzado simple; está casi desnudo.

—Pero, ¡es tan similar a nosotros!

—Pues sí, Grimalda, así es. Puedes quitarte el casco y los demás también, este espécimen térmico no presenta signo amenazante alguno, ¡ja!

— ¿Será conveniente que vea nuestros rostros?

—Ya ha visto el mío, Esnort, eso fue lo que le calmó, estaba aterrorizado.

— ¿Qué vio tu rostro? ¿Cómo pudo ocurrir? Eso no es posible.

— ¡Ja! Al agacharme a su lado dejó de darme la luz solar y el visor se volvió casi completamente transparente, y me vio la cara perfectamente. No es necesario ocultarse.

—En el bolsillo trasero del pantalón se observa un bulto extraño, ¿qué guarda ahí el espécimen?

—Esperar a que termine de quitarme el casco y lo averiguo.

Uno tras otro los cuatro exploradores térmicos se desprenden de sus escafandras presurizadas y circulan libremente por la sala, al apuntarle con el dedo al bulto del pantalón el niño saca de él una caja de tizas de colores y se las muestra cauteloso.

— ¡Son mis tizas! Dibujo con ellas.

— ¡Inteligencia!

—Negativo, comandante Sigrida; utiliza un lenguaje articulado que no está recogido en ninguna de mis bases de datos. Al menos el sujeto da una muestra de inteligencia básica comunicativa. ¿Qué función le da a esos minerales?

La comandante saca una tiza roja de la caja que el niño sostiene en sus manos y le hace signos básicos de comunicación que en ningún lugar de la galaxia necesitan de mucha explicación.

−¡¡No!! No se comen. Bueno, mi primo Agustín sí lo hace, por eso tengo que tener mis tizas siempre escondidas. ¡Son para dibujar!

Mira nuevamente el tablero de control y comienza a dibujarlo en el suelo de la nave copiando con gran exactitud cada uno de los visores y su color específico, pues coinciden con los de sus tizas. Inteligencia muestra agrado por este comportamiento imitativo en una especie tan atrasada como la que han encontrado de un modo tan inesperado.

− ¡Comandante! ¿Qué piensa hacer ahora con el espécimen capturado?

−Consultaré con La Base, pero ahora nos vamos a otro lugar del planeta; procederemos con el protocolo usual de recogida de muestras fúngicas. ¡Esnort! Coloca al espécimen en la silla auxiliar, nos vamos.

El muchacho es sentado y amarrado en una silla plegable que hay en la pared de Control y Esnort le hace el símbolo básico de ¡Arriba!

− ¿Okey? El niño hace el mismo gesto con la mano derecha. −¡Ah, bueno, sois americanos! Y se queda tan tranquilo observando el monitor que muestra imágenes del entorno exterior.

La nave despega y va de continente en continente tomando muestras fúngicas en diferentes lugares, Esnort y Grimalda son especialmente raudos en localizar y recoger esporas de los tipos más variados; están muy bien considerados por el Mando Superior. En cada parada dejan al crío corretear por Control siempre bajo la atención de la comandante que parece desarrollar algún tipo de empatía mínima hacia este espécimen recogido de modo impulsivo; lo realmente interesante eran los fungis que crecían en la pradera. El suelo libre de Control se va progresivamente llenando de dibujos y formas que le resultan bajamente reconocibles. ¡Son tan primitivos los térmicos en este mundo! En algún momento libre Sigrida realiza un protocolo básico de inspección médica; sí, es muy joven, pero aparenta una salud espléndida. Sus ojos claros son de un tamaño impresionante, nariz, orejas, boca, muy similares a los nuestros. ¿? Su complexión es propia de una raza muy fuerte y rápida. Habrá que ponderar las posibilidades que nos ofrecería una raza así.

Las recogidas de muestras en un lugar tras otro elegido aleatoriamente por Inteligencia despierta el apetito de los exploradores. Los térmicos antenados encontrados tienen un tamaño ínfimo, el mayor no supera el tamaño de una uña. Esto es en verdad un planeta muy atrasado en todos los órdenes de la vida; encontrar este lugar es lo más parecido a un viaje imaginario a un tiempo pasado, ¿un protoplaneta? Negativo, tiene casi tanta antigüedad como el nuestro, por alguna causa inextricable la evolución cósmica parece haberse detenido en este planeta azul y maravilloso, como si los enjambres hubieran querido conservarlo intacto durante eones por razones que se nos escapan.

Los térmicos de este mundo son básicos y prácticamente todos son irracionales, su crecimiento completamente impredecible, todas sus capacidades están aún por desarrollar; especialmente las de los bípedos, apenas han superado en algunos lugares el nivel biológico elemental: comer y reproducirse; esta raza bípeda nunca ha salido de su planeta.

—Esnort, ¿preparas tú la comida?

— Jawohl! ¿Puedo enseñarle el invernadero?

—De acuerdo, a ver si acepta nuestra alimentación. Controla sus reacciones.

El muchacho deja las tizas en el suelo y acompaña al teniente explorador hasta el invernadero que le muestra gozoso su mayor logro y gloria, ¡pronto le llegara un nuevo ascenso en cuanto vuelvan a La Base y vean esto! Docenas de fungis en diferentes niveles de estanterías se crían extraordinariamente bajo una atmósfera controlada, algunos tienen ya un tamaño extraordinario y se reproducen de manera fabulosa, se los muestra al espécimen y le hace el signo de: ¡alimentarse!

— ¿Con eso? ¿Eso se come? ¿Setas? ¡No! Mi madre dice que son venenosas. ¡¡Puag!!

Signo universal de eso que se lo coma tu padre.

—Pues no sé cómo le vamos a alimentar de vuelta a La Base. ¿Inteligencia?

—Negativo, déjele volver a Control.

Mientras la tripulación disfruta de una estupenda pitanza fúngica el muchacho, a sus pies, sigue pintando, pinta setas, setas de muchos tamaños y colores, pero también edificios y animales, automóviles, artefactos.

—Este es el camión de mi tío Manolo, ¡burrumm!

— ¿Inteligencia?

—Negativo, sus modos silábicos son incomprensibles, estoy probando con las interjecciones. No sé cómo entenderá las nuestras, haga una prueba comandante si ya terminó de alimentarse.

Mediante órdenes básicas la comandante Sigrida intenta conducir al espécimen por toda la sala, se detiene especialmente ante el monitor, le llaman la atención las imágenes de los planetas gaseosos y comienza a decir palabras ante cada uno de ellos.

—Saturno, ese es Saturno, ¿quieres que te lo pinte? Y echa a correr para recoger las tizas tiradas en un rincón.

—Inteligencia, parece reconocer los planetas, ¿cómo es posible?

—Lo ignoro, siga intentando comunicación verbal. Haga su presentación como si estuviera ante una raza inteligente.

—Komm her! Aquí. Y le quita momentáneamente las tizas de la mano. Yo, Sigrida. Mano en el pecho. (¿Entenderá esto al menos?)

— ¿Tú, Sigrida? ¡Ah, ya! Yo, Javier. (Haré como me ha enseñado mi madre que tengo que actuar con los extranjeros, deben de ser astronautas americanos) Y le hace a la comandante el signo de: ¡arriba!

—Jarvierrr, ¡ja!

— ¡No! Jarvierrr, no, Javi. Usted diga ¡Javi! ¿Sí? (Enséñale el dedo pulgar. En las pelis eso quiere decir que estamos de acuerdo)

— ¡Ja! Javi, ¿arriba? De acuerdo, ya hemos tomado bastantes muestras para una exploración inicial. Vuelvan a sus puestos, nos vamos a poner en órbita y comunicaré con La Base para pedir permiso de regreso.

La nave despega en instantes y se queda en una órbita baja y segura a la espera de instrucciones que les reporten desde La Base.

—Tan solo comunicación gutural y mímica básica con el espécimen, pero es increíblemente similar a nosotros.

— ¿Sus órganos sexuales?

—Pues…, disculpe no había caído en eso, mi general.

—Esperen en órbita y sigan transmitiendo datos. Ya le daremos órdenes pertinentes, y queremos saber cómo son sus órganos a la mayor brevedad.

—Atentos todos, podéis soltaros de los asientos, nos quedaremos dando vueltas un tiempo indeterminado. ¡Grimalda!

—Jawoll

—Llévate al espécimen al retrete y observa bien cómo son sus órganos. Ya me entiendes.

— ¿Qué lo lleve a cagar? ¡Llévalo tú si tanto cariño le has cogido! Yo todavía estoy intentando asimilar lo que hemos visto ahí abajo.

—Vale, ven pequeño, ven.

De vuelta a Control deja al crío que se asome a las ventanas de la nave junto a Seyfret que está tomando imágenes del planeta.

— ¿Qué?

— ¿El qué qué? (¿Y que les digo yo a los generales?) Sí, Grimalda, ya, ¡así! Y es un imberbe.

— ¿No le estarás cogiendo un cariño muy, muy, ya sabes, muy especial al espécimen?

—No sé, pero este cuando crezca y le siga creciendo, bueno… ¡puff! ¡Seyfret! ¿Qué está haciendo?

—Mirando su planeta, pero no entiendo sus palabras. A ver, ¿qué es lo que más te llama la atención? Signo de ¿Qué estás mirando?

—Grandes nubes circulares, rayos, muchos relámpagos, muchos en la oscuridad, y, mira: ¡luciérnagas! Muchas luciérnagas sobre las nubes y ¡mira! Algunas se marchan hacia las estrellas. ¡Mira!

— ¿Qué exclama, Esnort?

—Los enjambres, Sigrida, es lo que le llama la atención. ¿Cómo los llamas?

—Lu-ci-ér-na-gas

— ¿Cómo es posible que estén tan atrasados en todos los órdenes de la vida y conozcan los enjambres de magnetoradiantes? ¡Inteligencia!

—Tal vez por intuición correlativa, su pensamiento no ha pasado del nivel mágico simbólico pre-racional, sus dibujos en el suelo así lo indican. Posiblemente sigan siendo animistas, tal vez en alguna zona hayan alcanzado el nivel deísta, sus termiteros son...

—Ya, ya lo hemos visto. Komm her, Javi, aquí.

El crío se sienta a los pies de la comandante y se queda observando cómo opera las palancas de tracción y frenado mientras cambia de una órbita a otra tomando datos exteriores del planeta ignorado. En un momento dado el chavalín no tiene mejor idea que descalzarse para estar más cómodo mientras pinta el rostro de la comandante. (Jo, es guapísima, ¡cómo me gusta! Es más guapa que la profe de cuarto)

—Sigrida.

—Sí, Esnort, ¿qué ocurre?

— ¿Me permites inspeccionar a tu nueva mascota?

— ¿Por qué? ¿Qué has visto?

—Observa, quieto, tranquilo, tranquilo, mire comandante.

Unas rojeces en los dedos de los pies han llamado la atención del teniente que rápidamente saca una lupa para observarlas con mayor detenimiento.

—Hongos, son hongos. Los cogí jugando en el río. Mi madre me los está curando con un producto muy bueno, pero me pica, no debo arrascarme, y me pica. Mi madre se enfada si me arrasco los pies.

— ¿Esnort?

—Indudablemente son fungis, ¿alguna relación
simbiótica con los bípedos? Espera.

Poco a poco va repasando el cuerpo del niño desde el
cuero cabelludo hasta de nuevo la planta de los pies, su
detector portátil va dando señales aquí y allá, en la nariz, en la
boca, sobacos, ano; los de los pies son los más activos.

—Informe, Esnort.

—Tan solo relación parasitaria es observada.
Superficial. Fungis elementales. No parece haber simbiosis
alguna en el espécimen.

—Bien, déjale seguir jugando. La irradiación debió
haber matado todos sus fungis parasitarios, pero tal vez esos
de sus pies necesiten una sesión doble.

—No será necesario, este fungicida universal le
limpiará los posibles restos, tal vez el calzado impidió el
exterminio total de estos fungis agresivos.

En el suelo sentados teniente y muchacho, mientras el
uno aplica el apósito que siempre lleva consigo dedo por
dedo el otro va dibujando un extraño gráfico en el suelo. Es
de un modo circular y de complejidad creciente, el teniente
no puede dejar de observar con qué maña el espécimen va
completando el dibujo hasta que al ver la culminación algo le
hace levantarse de un brinco.

— ¡Sigrida! ¡Mira! ¡Mira lo que ha pintado!

A los pies de la comandante el crio ha completado una
espiral de siete niveles de un modo perfecto y en el centro del
laberinto la inconfundible cabeza de una serpiente. Sigrida da
también un brinco al reconocer el símbolo y se pone a gritar
órdenes a su tripulación que rápidamente se vuelven a
colocar en sus asientos dispuestos para el viaje, tras unos
instantes de descontrol su reconocida, en toda la galaxia,

capacidad de autocontrol toma de nuevo el mando y se arrodilla junto al niño indicándole con el dedo al símbolo que ha dibujado en el suelo.

−Una serpiente. Mi madre dice que cuando duermo una serpiente se enrosca en mi cabeza y me hace soñar. Yo la imagino así.

− ¿Entiendes algo de lo que dice Sigrida?

−Negativo, Seyfret. Pero volvemos al punto de llegada, el espécimen será soltado en el mismo punto donde lo recogimos. No podemos llevárnoslo con nosotros; este crío tiene más peligro átmico que una raza antenal al completo. Y en cuanto le dejemos abandonamos este sistema solar, que digan en La Base lo que quieran, yo me hago responsable.

Inteligencia localiza con presteza el lugar donde capturaron al espécimen y Seyfret baja con el crío hasta el camino donde le indica que vuelva a su termitero, el foco de luz de la nave, pues ya es de noche, permite al niño caminar con soltura, encuentra su balón en el borde del camino y se vuelve con una amplia sonrisa en la boca haciendo al capitán explorador la señal de: ¡arriba!

− ¿Qué ocurre Seyfret? ¿Anomalías? Se nota en usted una cierta congoja.

−No importa, Inteligencia, no es nada. ¡Ja! Arriba. Arriba. (Sí, nos volvemos a La Base, esto es desesperante; ¿Cuándo terminará este espanto continuo? Vayamos donde vayamos encontramos siempre lo mismo: una esperanza y su destrucción asegurada)

La nave no tarda mucho en alejarse del planeta semillero (Sigrida 3, han aceptado llamarlo) y volver a las rutas conocidas de regreso a La Base.

Corolario

La nave fue sometida a un chequeo exhaustivo, Inteligencia traspasó hasta el dato más nimio, y la tripulación a un consejo de guerra inmediato. Se valoró los descubrimicntos que habían realizado en descargo de los subalternos pero el abandonar al espécimen capturado podía costarle la vida a la comandante Sigrida.

En la vista oral, ante el Alto Tribunal Marcial, la comandante expuso claramente el porqué de su decisión nada irreflexiva.

—Ustedes conocen bien ese símbolo. Y el peligro que trae consigo. A nuestra humanidad le llevó eones liberarse de las supersticiones pero las pasadas guerras térmicas a punto estuvieron de retrotraernos al nivel deísta; sencillamente, no me atreví a traer a La Base a un espécimen impúber de una raza desconocida y que trajera consigo esa enfermedad anímica. Y mucho menos en plena guerra con los antenales de Oden 4. No había manera humana de prever los desórdenes que podrían producirse si aparecemos aquí con aquel niño, niño humano, pues hemos descubierto otra humanidad, una humanidad con toda la fuerza anímica de los pueblos primitivos. Según mis estimaciones ese espécimen cuando alcance la madurez sexual nos sacará la cabeza a casi todos los presentes y con la estructura ósea que tiene su fuerza y velocidad serían imparables en nuestro planeta, incluso su menor gravedad jugaría a su favor. Solo ustedes pueden tomar la decisión de qué se puede hacer con esa raza.

—Está bien, retírese comandante.

Sigrida conservó vida y cargo y un tiempo después fue enviada en otra misión exploratoria a otro brazo galáctico de la cual aún no ha regresado. Todo lo relacionado con Sigrida

3 fue declarado secreto del más alto nivel, incluyendo los estupendos ejemplares de fungis que de allí se trajeron, e Inteligencia fue reprogramada para que nunca nave alguna supiera de la existencia de semejante lugar. Tal vez algún día, cuando termine la guerra, esta guerra, y antes de que comience otra se pueda mandar una nueva misión de exploración con una nave más grande y mayor tripulación, tan solo entonces se levantará el secreto sobre ese planeta y sus habitantes.

¿Y el niño?

Por lo que sabemos lo primero que se ganó fue una buena azotaina por aparecer solo y de noche, todo el barrio estaba preocupado y buscándole por los prados, y cuando algo de calma se restauró en su hogar su relato les pareció a todos cosa de locos.

— ¿Astronautas que comían setas? ¿Qué eran, vascos?

—No sé, no entendía nada de lo que decían. Pero mira, abuelo, atiende, tenían una televisión tan grande como la ventana y se veían las cosas en colores, como en el cine.

— ¡Mentiroso! No existen las teles de colores; ¡estás mintiendo! Andarías a ranas y se te hizo de noche.

—Vale de interrogatorio y que se vaya a dormir, ¡largo! ¡a tu cama! Vamos todos a acostarnos, el caso es que ya está en casa.

—Sabes bien que este niño es muy fantasioso, no le puedes creer lo que está diciendo.

—Pues claro que no le creo, ni le creerá nadie. Pero, ¿sabes una cosa? en América si existen las televisiones de color, lo he visto en una revista de electrónica pero, ¡tan grandes como una ventana! El tubo catódico tendría un tamaño descomunal. Son fantasías de crío, le pondré un buen castigo que le dure todo el verano y olvidémonos del tema. A dormir.

El niño fue llevado días después a un jesuita profesor de canto gregoriano y otras salmodias similares y se pasaría el resto del verano y cuatro años más cantando en un coro de un conocido templo de la ciudad. Si los jesuitas no le hacen sentar la cabeza no podrá nadie en este mundo.

Fin

Hay una cosa en la que caí al escribir este cuento y que el niño que me lo inspiró no podía saber: los astronautas extranjeros tan solo recogían setas y apenas alguna muestra de agua para analizar. Resultó que el agua de este mundo es venenosa o como mínimo insalubre para ellos pero, ¿y para las setas? ¿Nuestras setas podrán reproducirse en su planeta? ¿Y las suyas en el nuestro? Porque si esto es así entonces…

Cualquier día Sigrida y sus tropas de asalto pueden volver por aquí, y entonces…

Vigilar los cielos. Compraros un telescopio.

Y si les veis llegar saludarles con cálido y amoroso: ¡¡¡Heil!!! Y a todo decirles: ¡Ja! ¡Ja! Jawoll, o algo así. Y enseguida las tendréis en el bote.

¿Las?

¡Señor!, perdón, esto siempre está pensando en lo mismo.

EL CRIMINAL

Y cuando despertó el criminal seguía allí.

Era una máquina.

Fin del libro

Si quieren escribirme y hacer
cualquier comentario sobre esta colección
de cuentos fantásticos o las obras
anteriores mi correo es
cuassia@gmail.com

EL AUTOR

Este es el séptimo libro que he publicado; alguno de ellos en papel con una editorial y otros de modo indie en medios como Amazon, confió en que sea de su agrado y llegue a apreciar el trabajo que da el crear nuevas historias donde antes solo había muladar de idioteces.